KB230965

복낙원

이 도서의 국립중앙도서관 출판예정도서목록(CIP)은 서지정보유통지원시스템 홈페이지(http://seoji.nl.go.kr)와
국가자료종합목록 구축시스템(http://kolis-net.nl.go.kr)에서 이용하실 수 있습니다.
(CIP제어번호: CIP2010001485)

세계문학전집
035

John Milton : Paradise Regained

복낙원

존 밀턴 지음

조신권 옮김

문학동네

일러두기

1. 번역 대본으로는 John Milton, *The Complete Shorter Poems*, edited by John Carey(Longman, 1968)와 John Milton, *Paradise Regained the Minor Poems and Samson Agonistes*, edited by Merritt Y. Hughes(Odyssey Press, 1937)를 사용했다.
2. 이 책에 나오는 성경구절은 개역개정 4판 『성경전서』를 따랐다.
3. 이 책에 나오는 인명·지명·기타 고유명사는 외래어 표기법에 준하여 표기하는 것을 원칙으로 했으나, 성경에 나오는 고유명사인 경우 상기 성경의 표기를 따랐다. 단, 성경의 표기보다 외래어 표기법에 따른 표기가 더 익숙한 경우, 독자의 편의를 위하여 외래어 표기법을 따랐다.
   예) 유브라데 → 유프라테스, 가인 → 카인, 바벨론 → 바빌론
   또한 문맥의 자연스러움을 위해 성경의 표기와 외래어 표기법 표기를 병용하기도 했다.
   예) 다메섹/다마스쿠스

차례

주요 등장인물

예수

마리아의 아들. 마리아가 성령으로 잉태하여 난 아들이 예수다. 그는 서른 살까지 목수의 아들로서 아버지를 도와 일하다가 마침내 세례 요한에게서 세례를 받고 하늘로부터 하나님의 아들이라는 증거를 받는다. 성령의 힘에 이끌려 황야로 나가 방황하던 중 사탄의 유혹을 받았으나 말씀으로 물리치고 잃었던 낙원을 되찾는다.

사탄

공중의 권세 잡은 자. 예수의 출현을 보고 처음에는 촌로의 모습으로 나타나 말을 걸지만 결국 정체가 드러나자, 그는 "돌로 빵을 만들라" "모든 지상의 왕국과 권력을 주겠다" "예루살렘 성전의 꼭대기에서 떨어져보라" 등의 유혹을 한다. 그러나 예수의 거절에 참패하고 사라진다.

제1편

내 일찍이 한 인간의 불순종으로 인해
상실된 행복의 동산을 노래했으나, 이젠
모든 유혹을 통해 충분히 시련 받은, 한 인간의
확고한 순종에 의해 온 인류에게 회복된
낙원을 노래하리라.[1] 온갖 간계에도 실패한
유혹자는 패퇴하고 에덴은
황폐한 광야에[2] 세워졌도다.
이 영광의 은둔자를 영혼의 원수와 싸워 얻게 된
승리의 들인 황야로 인도하여 거기서 참된
하나님의 아들임을 시험으로 입증해준 그대
성령이여,[3] 그대 언제나 그러하듯이, 어쩌면 침묵에

묻혀버릴 나의 재빠른 노래에 영감을 주시고,
그 행운의 날개를 마음껏 펴서 자연의
한계의 깊이와 높이로 이끌어, 보다 영웅적인
공적을 말할 수 있게 하소서. 비록 그런 공적은
남 몰래 이루어지고, 그토록 오래 노래 불리지 않은 채
줄곧 기록도 없이 남겨지긴 했지만.

이제 위대한 선언자[4]는 나팔소리보다도
더 엄숙한 소리로, "회개하라 하늘나라가
다가왔느니라"[5]고 모든 세례 받은 자들에게
외쳤도다. 그의 위대한 세례를 보고 두루
각 지역에서 두려움을 안고 모여드니, 그들과
함께 나사렛으로부터 요셉의 아들[6]이라고 여겨지는
자도 요단강으로 나왔다, 그때까지는 이름도
없고 드러나지도 않고 알려지지도 않은 그가. 그러나
세례자는 곧 하늘의 예고를 받아[7] 그를 알아보고
자기보다 뛰어난 분이라 증거하여 하늘의
직책을 그에게 넘겨주고자 했으니, 곧 그의
증거가 확증되지 않을 수 없었다. 그에게 세례를
베풀자, 하늘이 열리고 비둘기 모양으로 성령이
내려오더니, 하늘로부터 아버지의 음성이 들리고
"이는 내 사랑하는 아들이라"고 선언하셨다.[8]
원수도[9] 그 소리를 들었다. 그는 여전히 세상을
헤매고 있었으니 이 유명한 모임에 불참할 리 없었다.

거룩한 음성 듣고 짐짓 벼락을 맞은
듯했으나, 이토록 높은 증거가 주어진 숭고한
사람을 잠시 놀라움을 품고 바라보더니만
곧 시기와 격분에 넘쳐 자기의 처소[10]로
날아간다. 쉴 새도 없이 그의 힘센 동료들을
중천[11]에 모으고, 그는 검은 구름을 여러 겹
짙게 두른 속에서 음흉한 회의를 연다.
그러고는 그 한복판에서 슬프고 질린
표정으로 그들에게 이렇게 말한다.
"아, 하늘과 이 넓은 세계의 옛 권력자들이여,
나는 우리의 지긋지긋한 거주처인 지옥을
생각하느니 우리의 옛 정복지인 하늘을
말하는 것이 더욱 즐겁도다. 그대들 아는 바대로,
인간의 햇수로는 참으로 여러 세대 동안 우리는
이 우주를 점령하고, 어느 정도는 우리의
뜻대로 지상의 일들을 다스렸도다, 아담과
그의 경솔한 아내 하와가 내게 속아서
낙원을 잃어버린 이래로. 비록 그후 하와의
씨에 의해 그 치명적인 상처[12]가 내 머리에
가해질 때까지 두려움으로 기다리기는 했지만.
오랫동안 하나님의 명령 지연되고 있으니,
이는 가장 긴 시간도 그에게는 짧기
때문이니라.[13] 그런데 이제 그 세월은 너무도 빨리 흘러 이 무서운 시간이 우리에게 돌아왔도다.
그 속에서 우리는 그토록 오랫동안 위협받은
상처의 타격을 참아야 하리라, 적어도 우리가
할 수만 있다면, 머리가 부서진다 해도 우리의
모든 권력이 침해당하지 않을 것이라면,
즉 우리가 얻은 대지와 공중의 아름다운
왕국에서 우리의 자유와 존재가 침범당하지
않도록 되어 있다면. 이 일을 위해 예정된 여자의
씨가 요사이 태어났다는 불길한 소식을
내가 가져왔노니, 그의 탄생은 우리의 정당한 두려움에
적지 않은 근거를 주지만, 나의 두려움을 더하는
것은 그가 성장하여 한창 핀 청춘에 이르렀고,
가장 높고 위대한 일을 성취할 수 있는
온갖 덕성과 품위와 지혜를 보여주는 것이니라.[14]
그보다 앞서 그의 오심을 선포하고자 한 위대한 예언자[15]가
선구자로서 보내졌도다. 그는 모든 사람을 불러
그 성별聖別된 강물[16]에서 죄를 씻고 저들을 정결케 하여[17]
그를 순결하게 맞이하게 하고자, 아니 그를
저들의 왕으로 떠받들게 하고자 하도다.
사람들이 모두 나오자 그도 친히 그들 속에
끼어 세례를 받았도다.[18] 그것으로써 더욱 순결하게
되고자 함이 아니라, 그후 여러 백성들이 그가
누군가를 의심하지 않도록 하늘의 증거를

받으려는 것이었느니라. 나는 예언자가 그에게
경배하는 것을 보았는데, 그가 물에서 올라오자,
구름 위의 하늘은 수정의 문[19]을 열었고, 거기서
흠 없는 비둘기가 그의 머리 위로 내려왔도다,
그것이 무슨 뜻인지는 알 수 없으나.
그러자 하늘에서는 지존의 목소리가 들리고, '이는
내 사랑하는 아들이요 내 기뻐하는 자라' 하였느니라.
그의 어머니는 인간이지만 그의 아버지는 하늘의
왕국을 차지한 분이니, 그 아들을 높이기 위해서라면
무슨 일인들 못하겠는가? 그의 첫아들을 우리는
아는 터이고, 그의 맹렬한 벼락이 우리를 심연으로
몰아냈을 때 우리는 격분한 적이 있도다. 그의 얼굴엔
아버지의 영광의 빛이 비치지만, 겉만 보면 사람
같기에, 우리는 그가 누군가를 분명히 알아야 하리라.
보다시피 우리의 위험이 절박했으니, 이 이상 더
시비는 용납되지 않으나, 어찌 힘이 아닌 어떤
은밀한 간계나 잘 짜인 덫을 가지고 홀연히
대항할 수 있으랴, 만백성의 머리로서 그가
왕, 지도자, 지상의 지존자로 나타나기도 전에.
아무도 감히 할 수 없을 때 나는 단독으로 무서운
원정을 기도하여 아담을 찾아 멸망시키고
성공리에 대업을 성취했도다.[20] 이번에는
보다 조용한 항해[21]가 나를 이끌어주리라. 먼저

얻은 순조로운 길이 같은 성공[22]의
희망으로 나를 잘 유도해주리라."
　그의 말 끝나자, 그것은 이 슬픈 소식을 듣고
몹시 놀라 어리둥절하여 쩔쩔매고 있는
지옥의 무리들에게 상당히 놀라운 인상을
남겨주었다. 그러나 오래도록 그 두려움이나
슬픔에 잠겨 있을 시간이 없다. 만장일치로
그들은 이 대사의 책임과 처리를 그들의 위대한
지도자인 그에게 맡겼다. 그의 인류를
거스르는 첫 시도는 아담의 멸망으로
잘 성취되어, 그들을 지옥의 깊은 구렁으로부터
이끌어내어 빛 가운데 살게 했고, 많은 즐거운
영토와 넓은 왕국의 지배자, 주권자, 왕 그리고
신들이 되게 했다.[23] 이윽고 그는 요단강
기슭으로 태연히 발걸음을 옮긴다,
뱀의 간계를 몸에 두르고,[24] 어쩌면 거기서
하나님의 아들로 증명된, 사람들 중의 사람,
이 새로 선포된 자를 찾아내어
온갖 유혹과 음모를 그에게 시험해볼 수
있을까 하여. 그토록 오랫동안
땅에서 누리던 그의 통치를 끝맺으려
세워졌다고 생각되는 그를 둘러엎고자 하는 것이다.
그러나 의도와는 반대로 자기도 모르는 사이에

그는 지존자가 미리 정해서 굳힌 그 의도적
목적을 실현한다. 지존자는 찬란한 천사들 모두
모인 가운데서 미소 지으며 가브리엘[25]에게 말한다.
“가브리엘이여, 오늘 증거에 의해 그대는 보리라,
그대와 인간이나 인간의 일로 얽힌 지상에 대하여
잘 알고 있는 모든 천사들도, 내가 요사이
저 엄숙한 사신使信을 증언하기 시작했음을.
그 사신으로 나는 그대를 갈릴리의 순결한
처녀에게 보내어, 한 아들을 낳으리니, 그가
크게 명성을 떨쳐, 하나님의 아들이라 칭함을
받도록 했도다. 처녀에게 어찌 이런 일이
있을 수 있는가를 의심하는 그녀에게 그대는
말했도다, 성령이 그녀에게 임하면 지존자의
능력이 그녀를 덮으시리라고.[26] 이 사람이 태어나
이젠 성장했으니, 그 성스러운 탄생과 높은
예언의 보람을 보이고자, 내 이제부터 그를 사탄 앞에
드러내겠노라. 사탄으로 하여금 그를 유혹하게 하고
그의 최고의 지혜를 시험케 하리라, 지금 사탄은
자기의 대단한 꾀를 반역천사들의 무리에게
자랑하며 허풍을 떨고 있으니. 욥[27]을 시험하여
패했으니, 좀 덜 건방지게 굴 수 있을 텐데.
욥은 한결같은 인내로써 그의 잔인한 악의가
꾸며낼 수 있는 모든 것을 극복했느니라.

이번에는 여자의 씨에서 한 사람을 내가
만들어낼 수 있다는 것을 그에게 보이리니, 그는
욥보다는 훨씬 유능하게 그의 모든 유혹을 물리치고,
마침내 그의 모든 힘을 눌러 그를 지옥으로
몰아내고, 최초의 인간이 불시의 사기에 걸려 잃었던 것을
정복에 의해 되찾으리라. 그러나 우선 그를
광야에서 시련시켜, 거기서 대전쟁의 기초를
쌓게 하리라, 내 그를 보내어 두 대적
죽음과 죄[28]를 겸손과 강한 인내로써
정복하기 전에. 그의 약함이 사탄의
강함과 온 세상과 죄의 육체들을
정복하리라.[29] 그리하여 모든 천사들과
하늘의 주권자도, 인간들도 이후로는
알리라, 내 얼마나 완전한
덕으로부터 이 완전한 인간을
선택했으며, 인간의 아들들을
구원해낸 그 공효功效에 의하여
그를 내 아들이라 부르게 되었음을.[30]"
　영원의 아버지가 이렇게 말하자 온 하늘은
잠시 감탄에 잠겨 섰더니만, 곧 찬미의
노래를 부르며 하늘의 음률에 맞추어 춤을 추고,
보좌를 돌며 노래한다. 한편 손으로는 악기를
뜯으며 노래에 맞추니, 그 노래의 내용 이러하다.

"하나님의 아들에게 승리와 그 기쁨
있을지라, 무기가 아닌 지혜에 의해 지옥의
음모를 멸하고자 이제 그 큰 싸움에 들어가리니.
성부는 성자를 아시므로,[31] 시험은 하지 않았으나
안심하고 그 자식의 덕을 떠보시리라, 무엇이
유혹하고 시험을 하든, 또 무엇이 유괴하고
위협하고 넘어뜨리려 하든, 모든 지옥의
술책은 수포로 돌아가고 모든 악마의
음모는 허무하게 되리라."
이렇게 그들은 하늘에서 낮 노래와
밤 노래를 불렀다. 그동안 하나님의 아들은
며칠간 더 요한이 세례를 베푼 베다바라[32]에 머물며,
어떻게 하면 인류의 구주로서의 그 위대한 과업을
가장 잘 착수할 수 있으며, 이제 성숙한
그의 거룩한 직책을 어떤 방법으로
우선 나타낼 수 있을 것인가를 마음속으로 깊이
심사숙고했다. 그러던 어느 날 성령과 그의 깊은
생각에 이끌려[33] 홀로 걸어나갔다, 보다 고독과
더불어 깊이 사귀고자. 마침내 인적을 멀리하니,
생각은 생각의 꼬리를 물고 한 걸음 한 걸음
이끌리어 그는 국경을 이루는 쓸쓸한 광야[34]에
들어갔다. 그리고는 어두운 그늘과 바위에 에워싸여
그는 그의 거룩한 명상을 이렇게 좇았다.

"아, 얼마나 많은 생각들이 한꺼번에 떼를 지어
떠오르는가, 마음속으로부터 느끼는 것을
생각해보고, 현재의 상태와 비교하여 너무도
어울리지 않는 것을 가끔 밖으로부터
들을 때. 내가 아직 어렸을 때 내겐
아이들의 장난이 재미없어, 나는 온 마음을 쏟아
열심히 배우고 알아서 세상에 이로운 것을
행하려 했다. 나는 그런 목적을 위해
태어났으며, 온갖 진리[35]와 의로운 일을
조장하기 위해 태어났다고 생각했었다.
그러므로 나이에 앞서 하나님의 율법을 읽으며
즐거움을 발견했고,[36] 그것을 내 기쁨의
전부로 삼아 그 속에서 완전하게 자라났기에
내 나이 아직 열둘을 헤아리기 전에,
우리의 대축제 때면, 성전에 들어가 거기서
율법사들의 가르침을 들었고,
내 지식이나 그들의 지식을 높일 수 있는
것을 제시했었다.[37] 그래서 모든 사람이 다
감탄했지만, 이것이 내 영혼이 갈망한 전부는
아니었다. 승리에 빛나는 업적, 영웅적 행위가
내 가슴에 불탔으니, 언젠가는 이스라엘을
로마의 굴레로부터 구원하고, 나아가
온 지상의 야수적인 폭력과 교만한 폭군의

세력을 억압하고 억제하여, 마침내 진리를
해방하고 공정을 회복하고자 했다.
그러나 좀더 인도적이요 무엇보다 하늘의
뜻이라 생각한 것은, 우선 마음을 사로잡는
말로써 기꺼이 받아들이려는 마음을 감동시키고
설득하여 두려움을 갖게 하는 것이었다. 일부러
악을 행하는 것이 아니라 부지중에 과오를 범하는
영혼은 최소한 시험하고 가르치고, 완고한 자들만을
억누르려 했도다. 이렇게 자라나는 생각이
때때로 내 말에 나타남을 어머니는 이미 깨닫고,
속으로 기뻐하며 내게 속삭였다. '높도다 너의 생각,
아 아들아. 그러나 그것을 길러 거룩한
덕과 참된 가치를 높일 수 있는 높이까지,
설사 예가 없는 높이라 할지라도 그곳까지
끌어올려 비할 데 없는 공적으로 무쌍의
아버지를 나타내라. 인간들은 너를 천민의
자식으로 여기나, 너는 인간의 아들이 아니요,
너의 아버지는 온 하늘과 땅, 천사와 인간의
아들들을 다스리는 영원의 왕이심을 알라.
하나님께로부터 온 사자가 처녀인 몸에서
네가 잉태하여 태어날 것을 예고하며 이르기를,
너는 위대하게 되어 다윗의 왕좌에 앉을 것이고
너의 나라는 끝이 없으리라고 했느니라.

네가 태어나자, 영광스러운 하늘의 악대가 베들레헴의
들에서 밤새 울을 지키는 목자들에게 노래하여
메시아가 방금 탄생했다고 말하며 어디서
그를 볼 수 있는가를 알리니, 그들은 곧
네게로 왔느니라, 여관엔 누일 자리 전혀 없어,
네가 눕게 된 그 말구유까지 인도를 받아서.
일찍이 하늘에서 본 일 없는 별 하나
나타나서 동방의 현인을 그리로 인도하여
향과 몰약과 황금을 가지고 경배케 하니,
그들은 그 빛나는 행로에 이끌려
그 장소를 찾아냈고, 하늘에 새로이 새겨진
너의 별을 확인함으로써 네가 이스라엘의
왕으로 태어났다고 생각했느니라.[38] 의로운
시므온[39]과 예언자 안나는 환상의 경고를 받아
성전에서 너를 알아보고, 제단과 예복을
입은 사제 앞에서, 그때 서 있던 모든
사람에게 너에 대해 같은 말을 했느니라.'
이 말씀 듣고 즉시 나는 율법과 예언의 책을
다시 펼쳐 우리의 학자들에게는 일부분만이
알려져 있는 메시아에 관한 기록을 찾아보고
곧 그들이 말한 그이가 바로 나라는 것을
깨달았다. 이 기록들은 주로 내가 약속된 나라를
이루기 전에, 또한 인류의 과중한 죄가

내 머리 위로 충분히 옮겨져[40] 그 구원을
이루기 전에, 많은 어려운 시련을 거쳐
죽음에까지 이르게 되는 것이 나의 갈 길이라는
것이었다. 그러나 용기를 잃거나 놀라지 않고
나는 그 예정된 때를 기다렸다. 그때에
보니 메시아보다 앞서 나타나 그의 길을 예비할
세례자(눈으로 보진 못했지만 그의 태어남을
가끔 들었던 터)가 나타났다. 다른 사람들처럼
나도 그의 세례를 받으러 나갔으며, 나는 그가
하늘에서 내려온 자라고 믿었다. 그러나 그는
곧 나를 알아보고 큰 소리로 선언했다. 내가
그이라고(하늘에서 그렇게 그에게 알렸기에),
내가 그이요 자기는 그의 선구자라고. 자기보다
훨씬 위대한 자라 하여, 처음에는 나에게
세례 베푸는 것을 거절하다가 겨우 승낙했다.
그러나 내가 몸을 담근 물에서 일어났을 때,
하늘은 그 영원한 문[41]을 열었고, 거기서
성령이 비둘기처럼 내 위에 내려왔다. 마침내
마지막 장식으로서 아버지의 소리가 하늘로부터
완연히 들려, 내가, 그이 곧 그의 사랑하는
아들이요, 오직 나만을 기꺼워한다고 선언했다.[42]
이로써 나는 이제야말로 더 숨어서 살 것이 아니라
하늘에서 내려주신 권위에 가장 잘 어울리도록

공적인 생활을 시작해야 할
때라는 것을[43] 충분히 알았다. 이윽고 나는
어떤 강한 동기에 이끌려[44] 이 광야로
나왔다. 어떤 의도인지 내 아직은
알지 못하나 또 알 필요도 없으리라. 내가
알 바를 하나님께서 계시해주실 테니까."
　우리의 새벽별[45]은 이렇게 말하고는 일어서서
사면을 둘러보니, 무시무시한 그늘로 어둑어둑한
길 없는 황야가 펼쳐져 있다. 왔던 길을
주목하지 않았기에 인적이 미치지 않은 길을
되돌아가기에는 힘이 들었다. 그러나 그는
가슴속에 깃드는 지난 일들과 앞날의 일들을
벗삼아 여전히 이끌려 나갔으니, 이는
고르고 고른 교우보다도 오히려
이런 고독을 권해 마땅한 것이었다. 만 사십 일을
그는 거기서 보냈다, 때로는 산 위에서,
때로는 그늘진 골짜기에서. 밤마다 해묵은
어떤 상수리나무나 삼나무 그늘 밑에서 이슬을
피하고 또는 어느 동굴에서 잠을 잤으련만
밝히 알 길은 없다. 이날이 끝날 때까지
사람의 양식을 입에 대지 않았으면서도 굶주림을
느끼지 않았으나 마침내 야수들 속에서
굶주림을 알았다. 그들은 그의 모습을 보자

온순해졌고, 자나깨나 그를 해치려 하지 않았다.
불뱀도 독사도 그의 걸음을 피해 달아났고,
사자도 사나운 범도 멀리서 눈만 번쩍였다.[46]
그러나 이제 초라한 옷을 입은 한 노인[47]이
그의 뒤를 따랐는데, 보아하니 길 잃은 암양을
찾는 듯도 하고[48] 삭정이를 긁어모으는 듯도
했다. 바람이 세차게 부는 겨울날 저녁에 들에서
돌아오면 젖은 몸이라도 녹이는 데 쓰려는 것일까.
가까이 오는 것을 보고, 노인은 처음에는 이상한
눈으로 뒤를 좇더니 이윽고 이렇게 말을 꺼낸다.
"그대, 어떤 불운 때문에 이런 곳까지
오게 되었소, 떼를 지어 또는 대상隊商으로
지나가는 사람들의 길에서 이다지도 멀리 떨어져,
단신으로 이곳에 들어왔다가 굶주림과 목마름에
시달려 시체로 남지 않고 돌아간 자 없소.[49] 더욱이
물으면 더욱 놀랄 테지만, 내 보기에 그대는 요즈음
새 세례를 베푸는 예언자가 요단강에서 그토록
예우하며 하나님의 아들이라 불렀던 그 사람
같구려. 내 보고 또 들었나니, 이 황야에 살고 있는
우리는 가끔 궁색에 못 이겨 가까운(제일 가까운
곳이라 해도 멀지만) 읍내나 촌락으로 나가
거기서 얘기를 듣기 때문이오. 실로 무슨 일이
새로 일어났는가를 듣는다는 건 재미있는

일이라오. 또한 소문도 우리를 찾아준다오."
하나님의 아들이 그에게 말한다. "나를 이리로 데려온
분이 나를 데려갈 것이니 다른 안내자는 바라지 않소."
"기적에 의해 그럴 수도 있으리라" 하고
촌로는 대답한다. "그 밖의 다른 방도는
알 길이 없소. 우리는 여기서 단단한 나무뿌리와
줄기를 먹고 살기에 낙타보다도 갈증에 익숙하고
물을 마시러 멀리까지 간다오. 많은 불행과 고난을 위해
태어난 사람들이지요. 그러나 그대가 하나님의
아들이라면, 이 단단한 돌더러 빵이 되라고 해보시오.[50]
그러면 가련한 우리가 좀처럼 맛볼 수 없는
음식으로 그대 자신과 우리를 구할 수 있을 것이오."
그의 말 끝나자, 하나님의 아들은
이렇게 대답한다. "빵 속에 그런
힘이 있다고 생각하오? (그대를 보기와는 다른
사람으로 인정하기에 말이지만) 사람은 빵으로
사는 것이 아니라 하나님의 입에서 나오는 말씀으로
살리라고 쓰여 있지 않소.[51] 하나님은 여기에서
우리 조상들을 만나로 먹여주셨고, 산에서 모세는
사십 일을 지냈으나 먹지도 않고 마시지도 않았소.[52]
엘리야도 먹지 않고 사십 일간을 이 불모의
광야에서 헤매었고,[53] 지금 나도 마찬가지지요.
그런데 그대는 어째서 나에게 불신을 시사하오, 그대가

누구임을 내가 알듯이 내가 누구임을 그대는 알면서?"

이제 정체가 드러난 마왕은 이렇게 대답한다.

"정녕 나는 저 불행한 영,
몇백만의 무리와 더불어 손을 잡고 무모한
반역을 감행하다 나의 복된 지위를 보존하지
못하고 그들과 함께 축복으로부터 밑도 없는
심연으로 쫓겨난 자니라. 용서 없는 엄한 파수에
의해 저 무시무시한 곳에 갇혀 있지 않고
때로는 처량한 나의 감옥을 빠져나와, 나는
큰 자유를 향유하면서 이 둥근 지구를 돌기도 하고
또 공중을 떠돌아다니기도 하지만, 때로는
하늘들 중의 하늘도 나의 내왕을 막지 못하도다.
내가 하나님의 아들들 사이에 갔을 때, 그는
우스 사람 욥을 내 손에 넘겨 그를 시험하여
그의 높은 가치를 실증코자 했도다. 또 하나님이 교만한
왕 아합을 꾀어내어 라못에서 멸망시키자고
모든 천사들에게 제의했을 때, 모든 천사들이
주저하고 있는 동안, 내가 그 임무를 맡아 그의 모든 아첨하는
선지자들의 입에 거짓된 입심을 불어넣어 내가 맡은 대로
아합을 파멸시켰도다, 나는 하나님이 명하는 바를
행할 뿐이로다. 내 비록 타고난 광명의 빛[54]을
많이 잃긴 했지만, 또한 하나님의 사랑 받는 것도
잃긴 했지만, 선이나 미 또는 덕에서

뛰어나게 보이는 것이 있다면, 그것을
사랑하고 적어도 관조하며 찬양하는 것까지 잃은
것은 아니니라. 잃은 것이 있다면 모든 정신뿐이니라.
그러니 내가 다만 할 수 있는 것은
하나님의 아들이라 선포된 것으로 알고 있는
그대를 만나 가까이하여 그 지혜를 경청하고
그대의 거룩한 행적을 보고자 하는 것 외에 또
무엇이 있으랴? 사람들은 흔히 나를 온 인류의
적이라 생각하지만, 내 어찌 그럴 수 있으랴?
그들이 나에게 피해나 폭력을 가한 일 없는데.
내가 잃은 것은 그들로 인한 것이 아니고, 오히려
나는 그들로 인해 얻을 것을 얻었도다.
나는 지배자는 아니나 그들의 협동자로서 그들과 함께
세계의 이 지역에 살고 있도다. 때로는 그들에게
나의 조력을, 때로는 예언과 징조, 응답과 신탁,
전조와 꿈으로써 조언을 주었도다. 이로써
그들은 앞날의 생활을 지향할 수 있으리라.
사람들은 흔히 질투가 나를 선동하여 이처럼
불행과 재난이라는 짝을 얻게 되었다고 한다.
처음에는 그랬을지 모르나, 그뒤 오랫동안 재난과
가까이 사귀어, 이제는 체험에 의해 고난과 짝을 짓는
것이 아픔을 덜어주지 못하며, 각 사람 나름의 짐을
가볍게 해주지 못한다는 것을 알았도다. 그러니

사람과 접촉해도 위안은 거의 없도다. 내게 가장
괴로운 것은(어찌 안 그럴 수 있으랴) 사람은 타락해도
회복되는데 나는 결코 안 된다는 것이니라."
　그에게 우리의 구주는 엄격하게 대답한다.
"그대 슬픔을 받아 마땅하도다. 처음부터 허위로써[55]
이루어졌으니 허위로 끝나고 말리라. 하늘에서
해방되어 하늘들 중의 하늘로 들어가는
허락을 받았노라고 자랑하는 그대, 가엾고
비참한 노예로서 일찍이 드높은 광희 속에
앉았던 그곳에 왔다마는, 이제는 쫓기고,
배척받고, 공허해지고, 구경거리가 되고, 동정도 못 받고,
경원되어, 모든 천군들에게 파멸과
경멸의 광경을 드러냈도다. 복된 곳은 그대에게
행복도 기쁨도 주지 못하고, 오히려 그대의 고뇌를
불태워 이미 줄 수 없는 잃어버린 행복을
보여주도다. 그러니 지옥에 있으나 하늘에 있으나
다를 바 없지만,[56] 그러나 그대는 하늘 왕을
돕고 있도다. 그대의 두려움이 강요하고
악행의 즐거움이 자극하는 것을 그대는 순종의
탓으로 돌리는가?[57] 그대의 악의가 그대를 움직여
의로운 욥을 잘못 판단한 나머지 잔인하게도
온갖 고통을 주어 그를 괴롭혔으나 결국은
그의 인내가 이긴 것이 아니고 무엇이냐?

다른 봉사는 그대가 선택한 일로, 사백 명의
입이 거짓말쟁이가 되었도다.[58] 실로 허위는
그대의 양식이요 밥이로다. 그런데도 그대는
진리를 말하는 체하는가. 모든 신탁은 그대가 준
것이어늘, 무엇을 만백성들 가운데서
보다 진실한 것이라고 역설하는가? 약간의
진리를 곁들여 더 많은 허위를 일삼는 것이
그대의 술책이었도다. 그대의 대답은
무엇이더냐. 오직 흉측하고 애매하여 두 가지로
해석되는 뜻으로 어리벙벙하게 하니, 묻는 자가
이해할 수 없고 이해하지 못하나니 잘 모르는
것이나 다름없는 것 아니고 무엇이랴? 그대의
신전에서 신탁을 들은 자 중에서 누가 자기와
가장 관련이 깊은 것을 피하거나 따라가서
그 치명적인 덫에 더욱 빨리 걸리지 않도록
더욱 슬기롭고 더욱 많은 교훈을 받고
돌아왔는가? 하나님께서 만백성을 그대의 기만에
넘겨준 것은 타당하도다, 그들이 우상숭배에
빠졌으니. 그러나 그의 목적이 그대가 모르는
그 섭리를 그들 가운데서 선포하는 것이라면,
도대체 어디서 그대는 진리를 얻었단 말이냐,
그로부터냐 아니면 각 지방의
주재 천사들로부터냐? 그 주재 천사들은 그대 신전에

가까이 가는 것을 꺼리면서도 그대에겐 명령을 내려
지극히 작은 부분까지도 그대의 숭배자에게
말하게 하는 자들이니라. 그대가 떨리는 두려움을 가지고
마치 아부하는 식객처럼 순종하면, 그때는
예시한 진리를 그대 자신의 탓으로 돌리느니라.
그러나 이러한 그대의 영광은 곧 줄어들리라.
다시는 신탁으로 이방인을 현혹할 수 없으리니,
이후로는 신탁은 중단되고,[59] 다시는 허식과
제물로써 델포이나 그 밖의 다른 곳에서 그대에게
신탁을 요청하지 않을 것이요 하여도 소용없으리라,
그들도 그대의 입이 막히는 것 보게 될 것이니.
이제 하나님은 그의 살아 있는 말씀[60]을
이 세상에 보내시어, 그 최후의 뜻을 가르치시고,
또 진리의 영[61]을 보내시어 차후 경건한 마음속에
거하게 하사 사람이 알아야 할
모든 진리의 내적 신탁으로 삼으셨도다."
우리의 구주가 이렇게 말하니, 교활한 악마는
속으로는 분노와 멸시에 찔리면서도 시치미를 떼고
이 대답에 매끄럽게 응수한다.
"그대는 날카롭게 비난을 퍼붓고, 본의 아닌
불행이 쏠리게 했던 그 일로 해서 나를
심히 몰아댔도다. 허위와 할 말, 못 할 말, 허식과
아첨 또는 변절이 불행한 사람에게 큰 도움이

될 때, 가끔 진리에서 이탈하도록 강요당하지
않는 자를 그 어디서 쉽사리 찾아볼 수
있겠는가? 그러나 그대는 내 위에 놓여 있으니
내 주로다. 나는 그대의 견제와 비난을 순수하게
참아 그토록 자유로이 해방되는 것으로
만족할 수 있고 또 만족하리라. 진리의 길은
험하고 걷기에 어렵도다, 말하는 혀에는
매끄럽고 듣는 귀에는 달콤하며, 숲의 피리나
노랫가락처럼 감미롭더라도. 그러니 내가
그대 입으로부터 진리의 말을 듣고 기뻐한들
이상할 것이 무엇이랴? 사람들은 대부분 덕을
기리면서도 그 가르침을 좇지는 않는다.
내가 와서 (아무도 오지 않을 것이니) 그대의 말을
듣고, 비록 실천은 어려워도 말하는 것만은 적어도
허락하시라. 거룩하고 슬기롭고 순결한 그대의
아버지는 위선자나 불신의 사제라도 그 거룩한
뜰을 밟으며, 그 제단을 돌보고, 성물을 다루며
기도하고 맹세하는 것을 허락하신다.
그리고 타락한 발람에게까지도 영감을 받은
예언자로서 그의 말씀을 내리셨으니,[62]
나의 이런 접근을 꺼리지 말라."

그에게 우리의 구주는 눈썹 하나 까딱 않고 말한다.
"그대 이리 옴을 내 명하지도 금하지도 않았도다,

비록 그대 심중을 알기는 하지만. 그 이상은 할 수
없으니, 위로부터 허락되었다고 생각되는 대로 하라."[63]
　그가 이 이상 말하지 않자, 사탄은 그 잿빛의
가장한 몸을 나직이 숙이고 눈에 띄지 않게
희박한 대기 속으로 사라졌다, 이윽고 밤이 그 침울한
날개로 컴컴한 황야를 덮기 시작했으므로.
새들은 진흙의 보금자리에 누웠고, 이제 야수[64]들은
숲을 나와 헤매기 시작했다.

제2편

그동안 새로 세례 받은, 아직도 세례자와 더불어
요르단에 남아서, 방금 메시아[1] 예수라고
명백히 불렸고 하나님의 아들이라 선포된
그이를 보았으며, 그 높은 권위를 믿어, 그와 더불어
이야기하고 함께 묵었던 그들.
말하자면 그뒤에 알려져 유명해진 안드레와
시몬,[2] 그리고 성서에는 이름이 기록되지 않은
그 밖의 다른 사람들은, 방금 찾아서 얻은, 실로
바로 전에 찾아서 얻은, 그러나 그다지도 갑자기
사라져버린 그들의 기쁨인 그분을 잃고서
의혹을 품기 시작했다. 여러 날 의심을 하니,

날이 갈수록 의심은 늘어났다. 때로 그들은 그가
모습만을 나타냈다가 일시 하나님께로 이끌려갔을
것이라고도 생각했다, 마치 모세가 일찍이
산에서 오랫동안 보이지 않았던 것처럼.[3] 또는
불수레를 타고 하늘로 올라갔지만[4] 언젠가는 다시
올[5] 저 위대한 디셉 사람[6]처럼. 그러므로 그때
젊은 예언자들이 없어진 엘리야를 정성껏
찾았던 것처럼,[7] 그렇게 그들은 베다바라 근처의
각지에서, 즉 종려도시인 여리고,[8] 애논,
옛 살렘[9]과 마카에루스[10], 그리고 넓은 게네사렛 호수[11]
이편에 둘러서 있는 각 성읍과 도시,
또는 페레아[12] 등에서 찾았으나 헛되이
돌아오고 말았다. 그다음은 요단 기슭의
샛강 가, 바람이 갈대와 고리버들과 속삭이며
노니는 곳에서, 평범한 고기잡이꾼들[13]인 그들은
(보다 더 큰 이름으로 그들을 부르진 말라)
낮은 오막살이에 빽빽이 모여, 그들의
예기치 못한 손실과 슬픔을 쏟아놓는다.
"아 슬프도다, 얼마나 높은 희망으로부터 뜻하지
않은 퇴보로 우리는 몰락했는가, 우리의 눈으로
우리의 조상들이 그렇게도 오랫동안 대망하던
메시아가 이윽고 나타났음을 분명히 보았는데.
우리는 은혜와 진리가 충만[14]한 그의 말씀과 지혜를

들었었다. 이제야, 정녕 이제야 구원은 다가와,
이스라엘 나라가 회복되리라[15] 하여 우리는
기뻐했는데. 그러나 우리의 기쁨은 당황과 새로운
놀라움으로 변했다. 그이는 어디로 갔으며,
그 무슨 사고가 그를 우리에게서 앗아갔는가?
그는 나타났다가 이제는 물러가서 우리의 기대를
다시금 연장하는 것인가? 이스라엘의 하나님이시여,
메시아를 보내소서, 때가 왔으니. 보소서 지상의
왕들을, 그들이 얼마나 당신의 선택자들을 억압하고,[16]
그들의 권력을 얼마나 높이 쌓아올렸으며, 당신에 대한
두려움을 모두 던져버렸는가를. 이젠 일어나사
당신의 영광을 입증하시고 당신의 백성을 그들의
멍에로부터 풀어주소서. 그러나 우리는 기다리자.
그는 이렇게까지 이룩하셨으니, 곧 그의
기름부음 받은 자[17]를 보내시어 우리에게 나타내셨고,
그의 위대한 예언자를 통해 그를 지시하고 또 사람들 앞에서
그를 공포하셨도다. 우리는 그와 더불어
말을 나누었고, 우린 이것으로 기쁨을 삼아
두려움을 모두 그 섭리에 맡겼다. 그는 저를
저버리거나 뒤로 물러서게 하지 않을 것이요, 또
그를 되부르지도 않으리라. 그 축복의 모습으로
농락해놓고 앗아가지는 않을 것이니, 우리는
곧 희망과 기쁨이 돌아옴을 보리라."

이처럼 그들은 슬픔에 잠겨 처음에는 구하지도 않고
찾았던 그를 되찾고자 새 희망을 돌이켰다.
그러나 그의 어머니 마리아에게는 다른 사람들이
세례를 받고 돌아오는데 자기 아들은 안 돌아오고
또 요르단에 남아 있다는 소식도 없었다. 그녀의
가슴속은 고요하고 순결했지만, 어머니로서의
근심과 불안이 머리를 들어, 얼마쯤은 근심스러운 생각을
일게 했다. 그녀는 한숨에 싸여 이렇게 말한다.

"아, 하나님에 의해 잉태되었다는 그 높은 영광이,
또한 '복되도다, 높은 은총 받은, 여인들 중의
축복받은 이여'[18] 하던 그 인사가 이제 무슨
소용이란 말인가. 나는 자식을 낳음으로써
적잖은 슬픔과 다른 여인들의 팔자 이상의
심한 두려움을 받고 있지 않은가. 그것도
찬바람으로부터 그와 나를 막아줄 오두막조차
얻을 수 없는 그런 계절에 낳았으니, 마구간이
우리의 따뜻한 보금자리요 말구유가 그의 방이었다.
그러나 곧 그곳에서 이집트로 피신할 수밖에 없었다.
이윽고 그를 죽이려고 꾀하다 실패하자
베들레헴의 거리를 갓난아기의 피로 채워
살육을 일삼던[19] 왕[20]은 죽었고, 우리는 이집트에서
고향으로 다시 돌아와 여러 해 동안을 나사렛[21]에서 살았다.
그의 생활은 평민적이고, 비활동적이며,

조용하고 명상적이어서 어떤 왕도 의심을
품지 않았다. 그러나 이제는 충분히 장성하여,
들으니 세례 요한의 인정을 받았고, 하늘에서
아버지의 소리가 들려 자기 아들이라고 사람들
앞에 공포했다 한다. 나는 어떤 큰 변화를 예기했었다.
명예인가? 아니, 괴로움에 대해서였다. 늙은 시므온이
분명히 예언한 바와 같이,[22] 그는 이스라엘의
많은 사람들의 흥망을 위해 있고 반대받을
표적이 될 것이며, 바로 내 영혼을 칼로 찔러
꿰뚫으리라는 것이다. 이것이 은총 입은
나의 운명이며, 이로써 나는 심한 고통에까지
이르렀다. 고통을 당하면서도 축복받은 듯하니,
나는 그것을 논란하거나 불평치는 않으리라. 하지만
그는 지금 어디서 지체하고 있나? 어떤 위대한 의도가
그를 숨길 것인가. 그가 겨우 열두 살에
접어들어, 내 그를 잃었으나 찾은 일이 있다.
더욱이 알고 보니 그는 길을 잃은 것이 아니라
그 아버지의 일[23]에 힘쓰고 있었다. 그의 의도가
무엇인가를 깊이 생각하다가 그뒤에야 비로소
깨달았다. 이번에는 또 어떤 큰 목적이 있어
이토록 오래 집을 비우고 그 이유를 숨기는 것인가.
그러나 나는 참고 기다리는 데 익숙하고,
내 마음은 이상한 사건을 예고하는 일이나 말을

오래도록 저장해두는 창고가 되어왔다.[24]"
　이렇게 마리아는 처음으로 고지告知를 들은 이후
그동안 놀라웠던 일들을 때로는 생각하고
때로는 회상하면서, 온순하게 생각을 가다듬고
그 실현을 기다렸다. 그동안 그 아들은
거친 황야를 더듬어 나아가며, 혼자이지만 가장
거룩한 명상으로 흐뭇해져, 내면의 세계로 깊이
내려가서는 그 앞에다 자기가 이루어야 할
대업[25]을 늘어놓는다, 지상에 오게 된 그의 목적과
높은 사명을 어떻게 시작하여 어떻게 잘
성취할 수 있을까 해서. 사탄은 돌아올
것이라는 교활한 예고를 하고 그를 홀로
남겨둔 채 황망히 가버렸다, 그의 모든
권력자들이 회의를 열었던 그 공기 짙은
중천으로. 거기서 그는 자랑하는
기색도, 즐거운 기미도 없이,
근심어린 빛으로 망연히 이렇게 말을 꺼낸다.
　"왕자들이여, 하늘의 옛 아들들이여, 영묘한
군주들이여, 이제는 악마의 영이 된 자들이여,
각자의 영토로서 주어진 원소에 의해
바르게 부른다면 불, 공기, 물, 지하[26]의 권세자라
할 수 있는 자들이여, 우리 새로운 재난 없이
우리의 처소와 이런 온화한 거처를 갖게 되기를

바라노라. 그런데 지옥으로 추방할 때 못지않게
우리를 위협하는 그런 적이 우리를 침범하고자
일어섰도다. 나는 약속한 대로, 또한 전체회의에서
만장일치의 투표로 권한을 부여받아, 그를 찾아내어
관찰하고 시험하였으나 최초의 인간 아담을 다룰
때와는 훨씬 다른 노력이 들어야 한다는
것을 깨달았도다. 비록 아담은 아내의 꾐으로
떨어지긴 했지만, 이 사람보다는 훨씬 떨어지고,
또 어머니 편으로는 그가 적어도 인간이라고
하지만, 하늘로부터 인간 이상의 천품, 곧 절대적
완전함, 거룩한 미덕, 최대의 행적을
이룩할 수 있는 마음의 도량 등을
받았도다. 그래서 나는 돌아왔느니라,
혹시나 낙원에서 하와를 속이는 데 성공한
나를 믿고 이번에도 같은 성공을 거두리라는
헛된 확신을 하지나 않을까 해서.
나는 오히려 조력이나 조언을 얻어
준비를 갖출까 해서 여러분을 소집했도다,
일찍이 나와 맞먹을 자 없다고 생각했던
내가 이번에는 혹 압도당하지 않을까 해서."
늙은 뱀[27]이 의심하며 이렇게 말하자 모두들
웅성거리며 그의 명령대로 최대의 협조를
확약했다. 그때 타락한 영들 중에서 가장

방탕하고 음탕하며 아스모다이[28] 이래 가장
호색적인 악마 벨리알[29]이 그들 가운데서
일어나 이렇게 권고한다.
“그의 눈과 발 앞에 여인을 데려다놓으시라,
사람의 딸들 중에서 가장 아름다운 자를 찾아서.
어느 지역을 가나 대낮의 하늘처럼 뛰어나게
어여쁜 여잔 많나이다, 속세의 인간이라기보다는
여신과 흡사하고, 우아하고 세심하고, 사랑의 기교에
뛰어나고, 매혹적인 말로 감동시키고, 그 정결한
품격을 온유와 매력으로 유화시켜주지만
가까이하면 위험스럽고, 달아나는 데 능숙하고,
달아나며 요염한 그물로 얽어 마음을
끌어당기는 이런 여자에겐 가장 매서운 기질을
부드럽게 하고 길들이는 힘이 있나이다.
또한 주름 잡힌 이마를 펴게 하고 기운을 빼고
관능적인 희망으로 마음을 녹이고 경솔한
소원으로 꾀어내고, 마치 자석이 굳은 쇠를
끌듯이, 가장 남성적이요 결단성 있는
가슴도 끌어당기나이다. 그 밖의 어떤 것으로도
할 수 없을 때, 여자들만이 슬기로운 솔로몬의
가슴을 미혹하여 그로 하여금 아내들의 신당을
세워 그 신들에게 경배케 했나이다.[30]”
그에게 사탄은 재빨리 이렇게 대답한다.

"벨리알 그대는 매우 고르지 않은 저울로
다른 사람들을 독단적으로 다는구나. 그대는
예로부터 여성에 빠져 그들의 모습과 혈색과
매력을 찬미했기에, 이러한 노리개에 넘어가지
않는 자 없다고 생각하는구나. 대홍수 전에
그대는 신의 아들들이라고 사칭하는 음탕한
무리들과 더불어 지상을 헤매며, 사람의
딸들에게 방자한 시선을 던지고 그들과
짝을 이루어 한 종족을 일으켰도다.[31] 우리는
보았으며 또 설화로 듣지 않았던가,
그대가 궁정과 왕궁으로 잠입하거나 또는 숲이나
이끼 낀 샘물가의 덤불, 골짜기나 푸른
목장에 몸을 감추고, 칼리스토, 클리메네,
다프네, 세멜레, 안티오페, 아미모네, 시링크스[32] 등
열거하기 힘든, 수많은 보기 드문 미녀들을
불러 세워놓고는, 아폴론, 넵투누스, 주피터,
판, 사티로스, 파우누스, 실바누스 등 숭배받는
이름으로 엉뚱한 음행을 저질렀다는 것을?
그러나 이러한 습성이 모두를 즐겁게 하는
것은 아니니, 사람의 아들들 사이에서는
참으로 많은 사람들이 웃는 낯으로 미인과
그 유혹을 경시하여 그 온갖 공격을 물리치고
보다 가치 있는 일에 열중한다. 그대 기억하라,

펠라의 젊은 정복자[33]가 동방의 모든 미녀들을
얼마나 경시했으며 또 가볍게 지나쳐버렸던가를.
또한 아프리카라는 별명을 가진 자[34]가 청춘의
절정기에 아름다운 이베리아 소녀를 놓아주었던 일도.
솔로몬은 편히 살며, 명예와 부와 좋은
음식에 골몰하여 그 높은 지위만을 즐겼을 뿐
그 이상의 높은 계획을 품지는 않았느니라.
그래서 여성의 미끼에 그는 몸을 드러냈도다.
그러나 우리가 시험하고자 하는 그는
솔로몬보다는 훨씬 슬기롭고 더욱 숭고한
정신을 갖고 있으며, 가장 위대한 일을
완수하도록 만들어졌고 또 그 일에만 전념한다.
이 시대의 놀라움이요, 또 이름난 여인이라
할지라도, 그가 한가롭게 어리석은 욕망의
눈길을 돌릴 수 있는 여인이 누구란 말인가?
혹 미의 옥좌에 앉아 숭배를 받고 있는
여왕이 마치 옛이야기에 이르는 바
비너스의 띠[35]가 일찍이 제우스에게 영향을
미친 것처럼 온갖 마음을 사로잡는 매력의 힘을
몸에 두르고 내려와 독단적으로 유혹하고자 한다
해도. 마치 덕의 산봉우리에 앉은 것처럼
그의 위엄 있는 이마로부터 그가 얼마나
경멸의 눈치를 보이며 그 모든 치장을 헤집어

놓음을 볼 수 있으리라, 그녀의 여성적인
자만을 꺾고 공손한 두려움으로 바꿔놓는 것도.
미란 오직 사로잡힌 약한 마음의 찬사 속에만
있는 것이니, 찬사가 그치면 여자의 모든 깃털은
완전히 떨어져, 하찮은 노리갯감이 되나니,
불시에 무시를 받을 때마다 계면쩍어지노라.
그러므로 좀더 남성적인 것을 가지고 그의
지조를 시험해봐야 하리라. 이를테면 가치, 명예,
영광, 민중의 찬사 따위를 나타내 보일 만한 것을
가지고, 이런 것들은 위인들까지도 그 위에서
종종 파선되었던 바위들이고, 오직 자연의 정당한
소원만을 충족시킬 뿐 그 이상은 아닌 듯한
그런 것이니라. 지금 나는 음식도 찾을 수 없는
넓은 황야에서 그가 굶주리고 있음을 아느니라.
나머지는 내게 맡기면, 유리한 기회 놓치지 않고,
내 수시로 그의 힘을 시험하리라."
  그의 말 그치자 드높은 갈채의 동의 소리
들렸다. 이리하여 사탄이 곧 가까이 있는, 간계가
자기와 비슷한 영들의 정예를 가려내자,
각종 인물들의 어떤 활동 분야를 밝혀야 할 경우에는
그의 손짓과 고갯짓에 따라
나타난다. 이윽고 그는 이들과 더불어
황야로 날아간다. 거기서는 여전히 이 그늘

저 그늘에서 하나님의 아들은 사십 일을
금식한 후 머물러 있었다. 이제야 비로소
굶주림을 느끼며 그는 홀로 이렇게 말했다.
"이것은 어디서 끝나는 것일까? 이 숲의 미로를
헤매며 사십 일을 지냈건만 음식도 맛보질 않았고
또 식욕도 갖질 못했다. 이런 금식을 덕의 탓으로
또는 여기서 겪은 수난 중의 일부로 생각지도 않는다.
만일 자연이 필요로 하지 않거나 설사 필요로 하더라도
하나님이 음식 없이 자연을 유지해준다면,
그것을 참는 것이 무슨 칭찬할 만한 것이 되겠는가.
그런데 지금 배고픔을 느끼는 것을 보면,
자연이 요구하는 것을 필요로 하는 듯하다.
그러나 하나님은 이런 필요를 어떤 다른 방법으로
충족시킬 수 있으리라, 여전히 굶주림은 남아 있지만,
이 육체를 쇠약하게 하는 것이 아니라면 나는
만족하고 금식의 가시에서 오는 어떤 해도 두렵지 않다.
더욱 아버지의 뜻[36]을 행하고자 굶주리는 나를 키워주는
우수한 생각을 받았으니 개의치도 않으리라."
성자가 이렇게 묵묵히 걸으며 명상한 때는
밤이었으므로, 그는 나무가 무성히 뒤엉킨
근처의 너그러운 그늘 아래 몸을 뉘었다.
거기서 그는 잠이 들어, 마치 굶주린 자의
버릇처럼, 고기와 술 따위 자연의 맛 좋은

음식물을 꿈꾸었다. 그는 꿈 중에 그릿강가에 서서
아침저녁으로 까마귀들이 뿔 모양의
주둥이를 가지고 엘리야에게 음식을 날라다주는 것을
보며, 굶주림이 극심하겠지만 가져온 것을 삼가라고
가르쳐주는 듯이 생각했다.[37] 또한 그는 예언자인
그가 어떻게 황야로 달아나 로뎀나무 아래
잠들었는가를 보았다. 그러고는 눈을 떠서
숯불 위에 저녁밥이 차려져 있는 것을 보고
천사의 명령에 따라 일어나 먹었으며, 한참
뒤에 다시 먹고 나서 그 힘으로 사십 일을
참고 견디는 것도.[38] 때로는 엘리야와 함께
나누어 먹기도 하고, 또는 다니엘의 손님이 되어
함께 콩을 나누기도 했다.[39] 이렇게 밤은 새었고,
이제는 아침의 선구자 종달새가 땅의 보금자리를
떠나, 아침이 가까워 온 것을 보고는 높이
솟아올라 노래로 아침을 맞는다. 그처럼 우리의
구주는 풀 침상에서 가볍게 일어나 모두가
꿈이었음을 깨달았다. 단식하며 잠이 들었고
또한 단식하며 일어났다. 그는 곧 산으로
걸음을 옮겨, 그 높은 꼭대기로부터 주위의
전망을 살폈다, 행여 오막살이나 양우리
또는 소떼를 볼 수 있을까 해서. 그러나
오두막도 소떼도 양우리도 보이지 않았고,

다만 골짜기 밑으로 상쾌한 숲이 보였는데,
거기서는 가락 좋은 새들의 노래가 높이 울리고
있었다. 그곳으로 그는 발길을 돌렸다,
한낮을 거기서 쉴까 하고. 곧 지붕이 높은
그늘로 들어서니 그 밑에는 걸음을 옮겨놓을 만한
어둠침침한 샛길이 있었고, 그 한가운데에는
나무가 무성한 풍경이 펼쳐져 있다. 그것은
자연 자체의 작품(자연은 예술을 가르쳤으니)과도
같았고, 미신적인 눈으로 보면 숲의 신들과
요정들이 출몰하는 곳 같기도 했다. 그가 그 주위를
둘러보았을 때 그 앞에 문득 전처럼 초라한
것이 아니라 그럴듯하게 옷을 차려입은 한 사람이
나타났다, 마치 도시나 궁전 또는 왕궁에서 자란
사람처럼. 그는 아름다운 말로 이렇게 말했다.
"허락을 받았기에 본분을 다하려고 돌아왔도다.
그러나 하나님의 아들이 이 황막한 고독 속에서
이토록 오랫동안 모든 것을 결하시다니 참으로
놀라우며 굶주림이 없지 않으리라는 것을 잘
알겠도다. 전하는 이야기에 따르면 어떤 이름 있는
다른 사람들도 이 광야를 밟았도다. 집을 도망쳐
나온 계집종과 쫓겨난 그 자식 느바욧은
식사를 제공하는 천사에 의해 구원을 얻었도다.[40]
이스라엘의 온 족속은 여기서 굶어죽었으리라,

만일 하나님이 하늘에서 만나를 내리지 않았던들.[41]
또한 데베스[42] 출생의 용감한 예언자는
이곳을 헤매다가 먹으라고 부르는 소리를
듣고 두 번이나 식사를 했도다. 이 사십 일 동안
아무도 그대를 돌보지 않았도다, 여기서 정녕
사십 일 이상이나 버려져 있었으니."
그에게 예수는 이렇게 말한다. "그대 무슨 결론을
내릴 셈이냐? 그들은 모두 궁핍했지만, 나는
그대가 보는 바대로 전혀 그렇지가 않도다."
이에 사탄은 "그러면 어찌하여 그대는 굶주렸는가?
말해보라, 만일 음식이 그대 앞에 놓인다 해도
그대는 먹으려 하지 않겠는가?" 예수는 대답하여
"주는 이를 좋아한다면" 하니, 이에 교활한 악마는
이렇게 말한다. "어찌 그런 이유로 거절하는가.
그대는 모든 창조물을 소유할 권리가 있고,
모든 창조물은 정당한 권리에 의하여 그대에게
직책과 봉사의 의무를 지고 있으니, 명령이 있을
때까지 지체할 것이 아니라 그 모든 힘을
제공해야 하지 않겠는가? 나는 율법에 의해
더럽혀진 식사나 젊은 다니엘이 거절할 수 있었던[43]
우상에 먼저 바쳐진 음식을 말하는 것은 아니로다.
굶주림에 억눌리게 되면, 설사 적이
제공한 것이라 할지라도 누가 그것을 꺼리겠는가?

보니 자연은 부끄러워하고, 아니 좀더 좋게
표현한다면 그대가 굶주리고 있음을 괴로워하고
있도다. 그래서 그대를 알맞게 또 주로서
영예롭게 대접하고자 모든 원소로부터
일품요리를 준비했으니 그저 편히 앉아 드시라."
　그는 꿈을 말한 것이 아니었다. 그의 말이
끝났을 때 우리의 구주가 눈을 들어 보니, 아주
넓은 그늘 밑 널찍한 장소에 호화로운 식탁이
궁전식으로 차려져 있다. 쌓아올린 접시들,
최상등의 냄새 좋은 고기류, 사냥에서 잡은,
반죽을 입혔거나 쇠꼬챙이에 꽂아 구운, 또는
용연향에 쪄낸 짐승과 새고기, 바다나
해안, 또는 격류나 소용돌이치는 시내의 온갖
어류와 조개들, 폰토스[44]나 루크린만[45] 또는 아프리카의
해안을 말려서 잡은 진귀한 이름의 것들.
아, 이런 진미에 비하면 하와를 꾄 저 야생의
사과는 얼마나 소박했던가! 호화로운 식기대,
향기로운 냄새를 풍기는 술 옆에, 가니메데스[46]나
힐라스[47]보다도 더 화색이 좋은, 화려하게 차려입은
날씬한 젊은이들이 질서정연하게 서 있다.
좀 떨어져 나무 밑에는 디아나[48]를 모시는 요정들과
아말테이아의 뿔[49]에서 난 꽃과 과실을 든 나이아스[50]들,
그리고 옛이야기나 그후 전설에 나오는

로그레스[51]나 리오네스[52]의 기사들인 랜슬롯,[53] 펠레아스,[54]
또는 펠레노어[55]가 넓은 숲속에서 만났다는
선녀들보다도 더 아름다워 보이는 헤스페리데스[56]의
여인들이 때로는 춤을 추기도 하고 때로는
서 있기도 했다. 그러는 동안 조음調音이 고운
현이나 매력적인 피리의 노랫가락이
들렸고, 부드러운 바람은 그 포근한 날개로
아라비아의 향기와 플로라[57]의 이른봄 향기를
풍겼다. 그 영화榮華는 이러했다.
이윽고 유혹자는 성심성의껏
그 유혹에의 초대를 다시 시작했다.
"하나님의 아들이라면 어찌 앉아서 식사하는
것을 저어하는가? 이것은 금단의 열매도 아니고
또 순결한 이 식품에 손대는 것을 금하는
금령도 없도다. 이것을 맛본다고 해서
악의 지식이 싹트는 것 아니고, 오히려 상쾌한
회유의 기쁨으로 생명은 보존되고
생명의 적, 굶주림은 파멸하리라. 이 모든 것들은
그대에게 경의를 표하고 그대를 자기들의 주로
인정하고자 온 그대의 신하들, 대기와 숲과 샘의
영들이니라. 하나님의 아들 그대 무엇을
저어하는가? 어서 앉아 드시라."
이에 예수는 온화하게 대답한다.

"만물에 대한 권리가 내게 있다고 그대는 말하지
않았던가? 그런데 누가 그 권리를 행사하는
내 힘을 물리치겠는가? 내가 가장 좋아하는 때와
장소에서 나 자신이 명령할 수 있는 것을
선물로 받을 수 있겠는가?[58] 나도 그대와 같이 빨리
마음대로 이 광야에 곧 식탁을 차리도록 명령하고
화려하게 성장을 한 봉사의 천사들을
불러내어 내 잔을 시중들게 할 수도 있도다.
그런데 어째서 그대는 이 별식別食을 쓸데없이,
받을 자도 없는데, 강요하는가, 그대는 나의
굶주림과 무슨 관계가 있는가? 나는 그대의
호화로운 성찬을 멸시하고, 그대의 그럴싸한
선물을 선물이 아니라 사기로 간주하도다."
　사탄은 불만스러워 이렇게 대답한다.
"나 역시 줄 수 있는 힘이 있음을 그대는
보도다. 내 좋은 사람에겐 누구에게나 줄 수
있는 이 힘을 임의로 가지고 와서, 이곳에서
알맞게 그대의 뚜렷한 요구에 응하고자
결심했거늘 그대는 어째서 받으려 하지 않는가.
그러나 내가 할 수 있고 또 제공할 수 있는 것은
짐작해볼 수 있는 것. 다른 사람들은 재빨리
이것들을 들리라, 그들이 수고하는 것은 멀리서 가져온
전리품[59]을 얻기 위함이니." 이렇게 말하자 식탁도

음식도 하르피아이의 날개와 발톱 소리와 함께 사라졌다.
오직 끈덕진 유혹자만이 여전히 남아
이런 말로써 그 유혹을 계속했다.
"다른 모든 짐승을 길들게 하는 굶주림에도
그대는 해를 받지 않고 따라서 동요하지도 않는구나.
더욱 정복할 수 없는 그대의 절제는
어떤 유혹과 탐욕에도 굴하지 않고, 그대의
온 마음은 높은 계획과 행위에 집중되어 있도다.
그러나 무엇으로 그것을 달성할 것인가? 위대한
활동에는 위대한 실천의 수단이 필요한 법.
그대는 알려지지도 않았고, 친구도 없고, 가문도 천하도다.
그대의 아버지는 목수[60]로 알려졌고, 그대 자신은
가난과 고생 속에서 자랐도다.
여기 광야에서 길을 잃고 굶주림에 시달리고[61] 있는 형편에
어떤 길 또는 어떤 희망이 있어 그대는
위대해지고자 하는가? 어디서 권위를 끌어낼 것이며,
어떤 추종자들과 신하들을 얻을 수 있으며,
또 장사진을 이루고 그대 뒤를 따르는
현혹된 무리들을 그대 비용으로 어떻게 먹일 수 있겠는가.
돈은 명예·친구·승리 그리고 영토를 가져온다.
에돔 사람 안티파테르[62]를 높여주고
그의 아들 헤롯을 유대의 왕좌(그대의 왕좌)에 앉힌 것은
그에게 강력한 친구들을 얻게 해준 돈이 아니고 무엇이랴?

그러니 그대 만일 위대한 일을 이루려면,
우선 부와 재물을 얻고 보물을 쌓으라.
그대 내 말을 들으면 어렵지 않으리라,
재물도 내 것이고[63] 행운도 내 손안에 있으니,
내가 편드는 자는 곧 부를 누리지만,
덕, 용기, 지혜는 곤궁에 처하리라."
그에게 예수는 끈기 있게 이처럼 대답한다.
"그러나 이 셋이 없이는 부귀도,
영토를 얻거나 얻은 영토를 지킬 수도 없다.
보라, 밀물같이 흐르는 부귀의 절정에서 와해된
지상의 고대 제국들을. 그러나 이 셋을 갖춘 자는
가장 비천한 빈곤 속에서도 종종 최고의 위업을
달성했도다. 기드온[64]과 입다[65], 그리고 목동[66],
그들의 후예는 그토록 오랫동안 유대의 왕좌에 앉았고,
앞으로도 여전히 그 자리를 되찾아,
끝없이 이스라엘을 다스리리라. 이교도들 중에서
(전 세계를 통하여 기억할 만한 가치 있는 일을
행한 것이 있다면 내게 안 알려질 리 없으니)
그대는 퀸티우스, 파브리키우스, 쿠리우스,
레굴루스[67] 등을 기억할 수 없단 말인가? 그렇게
가난하면서도 위업을 이룰 수 있었고, 왕의
손으로부터 주어진 것이라 해도 그 부를
경멸할 수 있었던 사람들의 이름을 나는 높이

평가한다. 내 비록 궁핍해 보이지만, 나도
이 빈곤 속에서 그들과 마찬가지로 빨리, 그들이
성취한 것, 어쩌면 그 이상의 것을 할 수 있다.
그러니 부를 기리지 말라. 그것은
어리석은 자의 수고이니, 함정은 아니나
슬기로운 사람의 장애물이 된다. 또한 그것은
찬사받을 만한 어떤 일을 행하도록 고취해주기보다는
오히려 덕을 약화시키고 그 날을
무디게 한다. 부귀와 영토를 똑같은 혐오로써
내 물리친들 어떠랴. 그러나 왕관이란 겉보기에는
황금이지만 가시관에 불과한 것이어서, 그것을
쓰는 자의 어깨 위에 모든 사람의 짐이 놓일
경우 위험과 고통, 근심과 잠 못 이루는 밤을
가져다주기 때문에 그런 것은 아니니라.
대중을 위해 이 모든 무거운 짐을 걸머지는 데
왕의 직책이 있고, 또 거기에 그의 명예·덕·
공덕, 크나큰 찬미가 있도다. 그러나 자기의
마음을 지배하고 격정과 욕망과 공포를 다스리는
자가 훨씬 더 높은 왕이로다. 슬기롭고 덕스러운
사람은 그것을 달성하지만, 그렇지 못한 사람은
인간의 도시나 완고한 군중을 다스리고자
악착스레 열망한 나머지, 자기의 몸을 마음속의
무질서와 무법한 격정에 맡겨 결국은 그것에

봉사하게 되느니라. 그러나 구원의 교리에
의거해서 백성들을 진리의 길로 인도하고,
죄에서 이끌어 하나님을 알게 하고, 알아서 올바르게
그를 경배토록 하는 것이 훨씬 더 왕다운 것이니라.
이것은 영혼을 이끌고 보다 고귀한 부분인
속사람을 다스리는 것인데, 그 밖의 사람들은 오직
육체만을 다스릴 뿐이고, 그것도 강제적인
경우가 많아서 관대한 사람에게는 그렇게
다스리는 것이 진정한 기쁨이 될 수 없도다.
더욱 왕국을 빼앗는 것보다는 주는 것이 한층
위대하고 고귀한 행위로 생각되고 또한 이를
저버리는 것이 훨씬 너그러운 것이니라. 부란
그 자체로 보나 사람들이 그것을 구하는
이유로 보나 쓸모없는 것이니라. 그러니 왕홀을
얻느니보다는 잃는 편이 훨씬 좋을 때가 많도다."

제3편

하나님의 아들이 이렇게 말씀하시자 사탄은
잠시 서서 당황하여 답변할 바를 모르니, 이는
그의 약한 논리와 그릇된 취지가
논박당했음을 깨달았기 때문이로다.
마침내 그는 뱀의 모든 간계를 모아가지고
부드러운 말로 새로이 이렇게 말한다.
"그대는 알아서 소용 있는 것을 알고
말하여 가장 좋은 것을 말하고 행함을 보노라.[1)]
그대의 행동은 말과 일치하고, 그대의 말은
그대의 넓은 마음을 바로 표현하고 그 마음은
선하고 지혜롭고 바른 것을 담으니 완전하도다.

제왕들과 국가들이 그대에게 충고를 구할 때는
그대의 조언은 아론의 가슴에 단
신탁의 보석[2], 즉 우림과 둠밈[3] 같고,
어긋남이 없는 옛 선지자의 말과 같도다.
만약 그대가 전군戰軍에 필요한 작전을 간구하면
그대의 전술은 너무도 뛰어나서
온 세상이 그대의 용맹에 견디지 못할 것이고
싸움에서 살아남지 못하리라,
그대의 군세가 아무리 적다 해도.
그대는 어찌하여 신성한 이 능력을 감추는가?
어찌하여 사사로운 생활을 하는 체 행세하며
황량한 벌판에 더욱 깊이 숨어들어
온 세상으로 하여금 그대 행동을 경탄케 하지
않으며 명예와 영광과 그로 인한 보답을 버리는가?[4]
보답만이, 가장 고결한 영혼들에게
높은 목표를 향한 불꽃을 일게 하는데.
이 순수한 영기만이 다른 쾌락을 경멸하고
가장 높은 것 이외에는 온갖 재화와 이득과
위엄과 권력을 쓸모없이 여기게 하는 법.
그대 이제는 성년이 지났으니[5] 출세가 늦었도다.
마케도니아 필리포스왕의 아들은 이 나이 전에
아시아를 정복하고 키루스 왕좌를 다스렸으며
청년 스키피오는 카르타고의 저 오만을

굴복시켰고, 젊은 폼페이우스는
폰토스의 왕을 진압하고 개선했도다.[6)]
나이를 먹어가면 판단력은 성숙해도
영광에의 갈망은 꺼지지 않고 커가기만 하도다.
지금 온 세상이 찬미하는 카이사르 대왕은
나이가 들수록 명예욕에 불타서
빛 못 보고 허송한 긴 세월을 탄식했지만[7)]
그대는 아직 젊은 나이로다."

　이에 우리 구세주는 이렇게 침착히 말한다.
"나더러 제국을 위하여 부를 구하고
영화를 위하여 제국을 탐하도록, 그대의
온갖 논법으로 설득하려 들지 말지어다.
영예란 오직 명성의 불꽃이며, 그것이
아무리 순수해도 민중의 찬사일 뿐이니.[8)]
그런데 민중은 정신이 헷갈린 무리,
잡다한 오합지졸이 아니고 무엇이랴? 그들은
따지고 보면 칭찬할 가치도 없는 속된 것을
멋모르고 칭송하고 감탄하며,
누군 줄도 모르고 남이 하는 대로 따라 하도다.
그들에게 칭송받고 입에 오르내리며
화제의 대상 되는 것이 어찌 기쁘겠는가?
그들에게 욕먹음이 오히려 칭찬일 것을.
감히 행하는 자의 운명은 특히 좋은 것이로다.

그들 중에 총명하고 지혜 있는 자 적으며
영광은 적은 무리 속에서 일어나지 못하도다.
참된 영광과 명성은 하나님이 땅을 굽어보시다가
의로운 사람을 발견하고 귀히 여겨서
이를 온 하늘과 그 천사들에게 알릴 때
그들 또한 진심으로 그를 칭송하는 경우이니라.
하나님이 욥의 명망을 온 천하에
이와 같이 알렸음을 그대도 잘 기억하고
부끄러워하리라. 그때 하나님은 그대에게
'너는 내 종 욥을 보았느냐?'[9] 하고 물으셨도다.
그는 하늘에서 유명하였으나 땅에서는
그만 못하였도다. 땅의 것은 거짓 영광이니,
영광되지 못한 것과 덕망 없는 자에게 주어지느니라.
멀리 널리 출정하여 대국을 정복하고 압도하며
큰 싸움에서 이기고 대도시를 공략함을
영광으로 여기는 자들은 잘못 알고 있는 것이니,
이런 위인들이 하는 일은 강탈하고 파괴하고,
태우고 학살하며, 가깝든 멀든 평화로운 나라들을
사로잡아 노예로 삼는 것 외에 하는 일이 무엇이랴?
그들은 정복자보다 더 큰 자유를 누리며,
달리는 그곳에 폐허만을 남기고
찬란한 평화의 위엄을 파괴하니,
자만에 부풀어 신이라[10],

인류의 은인이라[11], 구원자라 불리게 되고,
신전과 사제와 제물을 받으며
숭배되는도다. 이는 주피터 신, 저는
마르스 신의 아들이라 하다가,[12] 마침내
정복자 사신死神은 이들 인간을 겨우 알아보고
짐승처럼 악덕 속에 구르는 흉측한 그들을
처참하고 수치스러운 죽음으로 보답했도다.[13]
그러나 영화 속에 좋은 것 조금이라도 있다면,
그것은 야심이나 전쟁이나 폭력에 의하지 아니하고
아주 다른 방법으로 얻어질 수 있나니,
평화로운 행위와 탁월한 지혜,
인내와 절제[14]에 의함이라. 나 다시금 말하노니
욥은 그대의 학대를 성도다운 인내로 견디고
무명의 땅에서 무명의 시대에 유명해졌으니
참을성 많은 욥을 뉘 찬미하지 않으랴?
불행한 소크라테스는(다음에 기억할 자
뉘 또 있으랴?) 그의 가르침과, 오랜 수난과
진리 위하여 당한 부당한 죽음[15] 때문에
아주 당당한 정복자같이 그 이름 드높느니라.
만약에 이름과 영화 때문에 무엇을 하고 견딘다면,
만약에 소小 아프리카누스[16]가 명예 때문에
쇠약한 조국을 포에니전쟁에서 구해냈다면
그 행위, 적어도 그 사람은 칭찬받지 못하고

비록 말뿐인 보답이나마 잃게 되는 법이니라.
허영된 사람들이 당찮게 바라듯이, 나도
영화를 구하랴? 내 찾는 영광은 나의 것 아니라,
날 보내시고 지켜보시는 그분의 것이로다.[17]"
　이 말을 듣고 유혹자는 이렇게 중얼거렸다.
"영광을 그처럼 등한히 마시라. 이 점에서 그대는
그대의 위대한 아버지와 닮은 점이 너무도 적도다.
그는 영광을 위하여 만물을 창조하고,[18] 모든 것을
명하고 다스리나, 하늘의 모든 천사들이 드리는
찬송도 부족하여 인간에게 영광을 강요하니,
선한 자나 악한 자, 지혜로운 자나 우둔한 자 구별이
없고, 어떠한 차별도 또한 예외도 전혀 없도다.
신에게 바치는 모든 제물과 선물 가운데서
그는 영광만을 요구하고 그것만을 받는다.
유대인, 그리스인, 야만인[19] 구별 없이, 어떠한
예외도 두지 않고, 만백성으로부터 받아들인다.
그의 적인 우리에게서도 영광을 강요한다."
　그에게 우리의 구세주는 열렬하게 답변한다.
"말씀이 만물을 창조하셨으니 당연하지 아니하냐.
그러나 영광을 받음이 주된 목적 아니라
그의 자애를 보여주고, 모든 영혼에게 자유로이
그의 선을 알리고자 함이니라.
사람에게서 찬송과 기도를 요구함은

최소한도의 것이니, 이는 곧 감사의 표시인바
가장 미약하고 용이하며 손쉬운 보답이니라.
이것 말고는 돌려드릴 것이 아무것도 없으며,
그나마도 돌려드리지 않는다면, 이는
경멸과 치욕과 악담을 바침과 무엇이 다르랴?
그렇게 많은 자비와 은총을 받았으니
이 보답은 실로 미미하고 부족하도다.
그런데 인간인 내가 어찌 영광을 구하랴?
인간이 가진 것 있다면 저주와 불명예와 치욕일 뿐,
그 밖에 인간의 것 또 무엇이 있으랴?
그렇게 많은 은혜를 받고도 인간은
하나님에게 배은망덕하고 배신함으로써
참으로 좋은 모든 것을 스스로 버렸으니,
그러나 불경스럽게도 하나님의 것인 그것을
제가 차지하려고 드는구나.
그러나 하나님은 아낌없이 은혜를 베푸시어
자기들의 영광보다 신의 영광을 드러내는 자는
오히려 그들의 영광을 높여주시느니라."
　하나님의 아들이 이렇게 말씀하자,
사탄은 다시금 할말을 잃고 아연히 서 있으니
이는 자기가 바로 끝없이 영광을 갈구하다가,
모든 것을 잃었음을 깨달았기 때문이다. 그러나
그는 곧 또다른 구실을 생각해냈다.

"영광을" 그는 말했다. "그대는 그렇게 생각하니
구할 가치가 있든 없든 그 문제는 덮어두자.
그러나 그대는 한 나라에 태어났으니 여기서
그대는 조상 다윗의 왕좌에 앉을 운명이로다.
그는 어머니 편[20]으로 그대의 조상이요, 따라서
의당 그대의 것인 왕좌가 지금은
강력한 손아귀에 들어가 무력으로 얻은 것이니
쉽사리 내놓지 아니하도다. 지금은 유대와
약속된 땅이 로마의 한 속국이 되어
티베리우스에게 복종하고 있는바,[21] 그의 다스림은
온화하지 못하고, 저들 종종 성전을 모독하고[22]
뻔뻔스럽게 율법을 어기며, 증오로써 대하니
일찍이 안티오코스[23]가 하던 행동과도 같도다.
그런데 그대는 이렇게 앉아 숨어살면서
그대의 권위를 찾으리라고 믿는가?
마카베오[24]도 그리하지 않았으니, 비록 그는
광야로 물러갔으나[25] 무력을 가지고 갔으며
막강한 국왕을 빈번히 압도하여
그의 가문은 비록 제사장 집안[26]이었으나
빼앗긴 왕관과 왕좌를 강한 팔로 되찾고,
모딘 지방과 그 주변을 다시금 즐겼도다.
만약에 왕국이 그대 마음 움직이지 않으면 열성과
의무감을 움직이게 하라. 이들은 민첩하여 활동할

구실을 예리하게 기다린다. 그들은 그 자체가
가장 좋은 구실이니, 아버지의 집을 위하는
열성이요,[27] 이교도에 예속된 그대의 조국을
해방시키려는 의무감이니라. 예언자들은 노래했도다,
그대의 영원한 통치[28]를. 그대는 이 예언들을
성취하고 완전히 입증하라, 빨리 착수할수록
더욱 복된 왕국이 되리니. 그러곤 군림하라,
그러지 않으면 무엇을 더 잘할 수 있으랴."
　그에게 우리 구세주는 이렇게 대답했다.
"모든 것은 때가 와야 최상으로 실현되는 법이고,
제 때가 있는 법[29]이라고 진리는 말하였도다.
만약 예언에 나의 다스림이 영원하리라고
쓰여 있다면, 하나님은 그의 의도에 따라서
언제 시작할 것인지도 정하셨으리라, 모든 시간과
모든 시기가 그분의 손에 달려 있으니.[30]
만약에 하나님이 나의 인내심과
복종심을 보려고 이렇게 정하셨다면 어찌하랴?
나 먼저 미천한 지경에서 시험받고
역경과 시련을, 명예훼손과 모욕을,
조소와 냉소를, 모함과 폭력을,
고통과 금욕을 견디며, 불신이나
의혹 없이 조용히 기다리라고 명하셨다면?
가장 잘 참는 자가 가장 큰 일 할 수 있고,

먼저 잘 복종하는 자가 또한 큰일 하나니[31]
영원무궁한 찬양 받기 전의 마땅한 시련이로다.
그런데 나 언제 그 영원한 왕국을 시작하든
그대 무슨 상관이며, 그대는
어찌하여 이다지도 보채고 궁금해하는가?
그대 모르는가, 나의 출세 곧 그대의 몰락이요,
나의 승진은 그대의 파멸인 것을?"
　그에게 유혹자는 괴로워하며 대답한다.
"올 것은 오게 하라. 신의 은총 다시 받을 희망
사라졌으니 이제 더 악화될 것이 무엇이랴?
희망 없으면 공포도 없으리라. 더 나쁜 것 있다면,
그것을 기다림이 직접 당하는 것보다
나를 더욱 괴롭히는 것이다.
나 최악에 이르리니 최악은 나의 포구요,
정박소요, 내 최후의 안식처. 나는
내 최후의 선善인 종말에 이르리라.
나의 과오는 나의 과오요, 나의 범죄는 나의 범죄.
이로써 내가 어떤 처벌 받을지라도
나 그대로 감수하리라.
그대 군림하든 아니하든 간에.
나 그대의 너그러운 면전에 기꺼이 날아가리니
나의 불행한 처지를 더하기보다는
온화한 얼굴과 유순한 시선으로

그대의 아버지의 분노를 가려주고
(그의 분노가 지옥의 불보다도 더 두렵지만)
피할 곳을 주고, 여름 하늘의 구름 같은
시원한 그늘의 중재를 서주시라.[32]
최적임자인 그대가 세상의 왕이 되는 것이
나에게는 최악을 재촉하고
그대와 민중에게는 최상의 행복이 될진대
최상으로 향한 그대 발걸음이 어이 이리 느린가?
아마도 그대는 이같이 위험하고 드높은 사업에
생각 깊이 잠겨 주저하는가보다.
놀랄 바 아니로다, 비록 그대에게는
완전한 인간이 가질 수 있는 것과
인간성이 받을 수 있는 것이 결합되어 있지만.
지금까지 그대의 삶은 사사로운 것이어서,
대부분 집에서 지내며 일 년에 한 번 예루살렘에
며칠 묵는 것[33] 말고는 갈릴리 구경 한 번
제대로 못했으니, 무엇인들 보았겠는가?
그대는 세상 구경 못했으니, 더욱이 그 영광과
제국과 군주와 화려한 궁전은 말할 것도 없도다.
이들은 가장 좋은 경험의 학교이니, 보기만 하면
무엇보다도 빨리 위대한 행동을 재촉하리라.
가장 현명한 자가 경험이 없으면,
항상 초보자의 조심성으로 피하고, 겁내며

(나귀를 찾다가 왕국을 발견한 그 사람처럼)[34]
망설이고 나약하며 모험을 꺼리는도다.
그러므로 나 그대를 데리고 가서
그대의 미숙한 상태를 벗기고, 그대의 눈앞에
세상의 제왕들과 그들의 위세와 위엄을
보게 하리니, 이만하면 그대가 제왕의 기교[35]와
다스리는 비결을 가졌음을 알리기에 족하리라.
그러면 그대는 그들과 맞서 싸우는
최선의 방법을 터득할 것이니라."
이렇게 말하고 그는 (그런 힘을 받았는지라)
하나님의 아들을 높은 산[36]으로 데리고 갔다.
그 산 밑 푸른 기슭에는 광대한 평야가
널리 시원하게 내려다보이고
양편에는 두 줄기 강물[37]이 흐르니
하나는 굽이치고 또하나는 곧바른데,
보다 작은 줄기들이 그 사이를 가로질러가다가
지류가 모여서 바다로 흐른다.
땅에는 곡식과 올리브와 포도가 풍성하고
풀밭에는 소떼, 숲에는 새떼 가득하니,
높은 탑이 솟아 있는 거대한 도읍들은
막강한 제왕들의 터전이 될 만하다.
조망은 광대하여 이곳저곳 빈터에
샘도 없이 메마른 불모의 사막[38]도 보인다.

유혹자는 이 높은 산정으로 우리의 구세주를
데리고 가서 새로이 긴 말을 계속한다.
"우리가 이처럼 빨리 온 것은 언덕과 골짜기와
숲과 들과 내와 성전들과 탑을 가로질러서
몇 리를 단축한 때문이니라. 여기서 그대는
보도다, 아시리아와 그 제국의 옛 영역과
아라스강[39]과 카스피 호수를, 동으로는
인더스강, 서로는 유프라테스강과
그 너머까지, 그리고 남으로는 페르시아만을,
또한 접근할 수 없는 아라비아사막까지도.[40]
여기 성안을 도는 데 며칠이 걸리는,
옛 니누스가 건설한 니느웨[41]는 첫번째
황금제국의 도읍이었고, 그후 살마네세르[42]의
도읍이 되었으니, 그 오랜 점령을
이스라엘[43]은 아직도 슬퍼하고 있도다.
저기 바빌론[44]이 있으니 온 백성들의 놀라움이요,
마찬가지로 오래된 그가[45] 재건한 도시니라.
그는 유다와 그대의 조상 다윗의 집안을
잡아갔고, 예루살렘[46]을 폐허로 만들었으나
키루스[47]가 마침내 그들을 풀어주었도다. 그대는
페르세폴리스[48]와 박트라[49]를 보도다.
또한 엑바타나[50]의 광대한 골격이 저기 보이도다.
헤카톰필로스[51]의 백 개의 문과, 코아스페스강 옆에

있는 수사[52]와 호박빛 강물이 보이니,
이는 오직 제왕들만이 마시는 음료로다.
에마티아[53] 혹은 파르티아인[54]들이 세운
대 셀레우키아[55]와 니시비스[56], 그리고 저쪽에
아르탁사타[57], 테레돈[58], 크테시폰[59] 등을,
눈을 돌리면 쉽사리 볼 수 있느니라.
이들은 모두 파르티아인의 수중에 있으니
제국의 창건자 아르사케스대왕의 인도에 의함이라.[60]
그는 사치스러운 안티오크의 왕들로부터
이들을 빼앗아 다스려왔도다.
마침 그대는 여기에 와서 그의 큰 세력을
보게 되는도다. 지금 크테시폰에 있는
파르티아의 왕은 그의 모든 군대를 규합하여
스키타이인[61]과 맞서니, 그들의 습격은
소그디아나[62]를 황폐케 하였도다.
소그디아나를 도우려고 급히 진군하고 있으니
비록 멀리서나마 그의 수천의 군사를 보라.
그들이 앞세우는 장비는 패주에나 진격에나
다 같이 가공할 강철의 활과 살이로다.
모두가 기병인 그들은 이런 싸움에 뛰어나니
능형과 첨형, 반월형과 익형, 그 얼마나
호전적인 편대로 집결해 있는가를 보라."
　그가 내려다보니 무수한 군인들이

성문 밖으로 쏟아져나온다,
군인의 자랑인 갑옷을 입은 경기병들.
말들도 갑옷을 입혔으나 경쾌 강건하여
주인들을 태우고도 도약하니, 이들 군인들은
전국 방방곡곡에서 뽑아온 영재들이라,
아라코시아[63] 지방에서, 칸다오르[64] 동쪽 지방에서
마르기아나[65]에서부터 캅카스 지방[66]의
히르카니아[67] 절벽과 이베리아 어두운 골짜기까지,
아트로파티아[68]와 아디아베네[69], 메디아[70]에
인접한 평야와 수시아나[71] 남부에서부터
발사라[72]의 항구에 이르기까지.
그가 보니 이들은 전투대형으로 정렬했다가
갑자기 돌아서서 달아나기 시작하나
추적자의 면전에 화살 소나기를 퍼부으매
패주하는 중에도 적들을 압도한다.
싸움터에는 번쩍이는 청동 무기가 널려 있고,
구름떼 같은 보병, 익각대형翼角隊形 양끝에는
장기전에 대비한 철갑기병도 보였다.
전차와 코끼리 등에는 군병들이
산더미처럼 올라타 있고 공병의 무리들은
삽과 도끼로 언덕을 깎아 평지를 만들고
나무를 찍어 넘어뜨리며 골짜기를 메우고,
평지에 언덕을 만들고, 넘치는 강물 위에

멍에를 씌우듯 다리를 세운다.
노새와 낙타와 단봉單峯낙타 들이 그 위로
군수품을 싣고 건너간다.
옛이야기에 나오는 아그리칸왕이
북방 세력을 규합하여 알브라카를 공략할 적에도
이 같은 군세와 광대한 진영은 보이지 않았다.
갈라프로네왕의 이 도읍에서 절세의 미녀
그의 딸 안젤리카를 데려가려 하였으니,
그녀는 용맹스러운 많은 기사들이 탐냈고,
이교도나 샤를마뉴[73]의 귀족들 또한 그러했다.[74]
그들의 위세는 이러하였고 또한 무수했다.
이 광경을 본 악마는 더욱 대담해져서
우리의 구세주에게 이렇게 새로이 말한다.
"나 그대의 미덕을 모함하지 아니하며
그대의 안전을 백방으로 도모함도 타당한
근거 있는 것임을 그대는 알리라. 듣고
유의하시라, 무엇 때문에 나 그대를 이곳에
데리고 와서 이 좋은 광경을 보였는가를.
비록 그대의 왕국을 선지자나 천사가
예언했어도, 그대의 조상 다윗처럼
노력하지 아니하면 결코 얻지 못하리라.
모든 사물이나 사람에게 있어서, 예언은 아직도
수단을 필요로 하는 것이니, 그것이 없이는

예언도 허사로다. 사마리아 사람이든
유대인이든,[75] 단 한 사람의 반대도 없이
만인의 동의로 다윗의 왕좌를 차지해도,
가까운 두 적국 로마[76]와 파르티아 사이에서
평온하고 안전하게 오래오래 즐기기를 바랄 수 있으랴?
그러니 어느 하나를 그대 소유로 하라.
나는 파르티아를 먼저 차지하기를 권하는바,
이는 지리적으로도 더 가까울 뿐 아니라 최근에는
그대의 조국을 침략하여 괴롭히고,
안티고누스와 히르카누스 왕을 묶어서 끌고 가,
로마인을 무시할 만큼 강력해졌기 때문이니라.[77]
나의 임무는 그대에게 파르티아를
마음대로 부리도록 쥐여주는 것이니,
정복으로든 동맹으로든 마음대로 하라.
파르티아 사람들을 수중에 넣어야만
그대 진정으로 다윗의 왕좌를 다시 찾아
그의 참된 후계자가 되고, 그대의 동포인
열 지족[78]을 구하리니, 그 자손은 아직도
하볼[79]과 메대[80] 지방에 흩어져 살며
그의 영토 안에서 그의 노예가 되어 있도다.
요셉의 두 아들[81]을 포함한 야곱의 열 아들은
이처럼 오랫동안 방황하면서 그들의 조상처럼
이집트의 노예가 되어 살아가고 있도다.

그들을 구하도록 그대 앞에 제시하는 것이니라.
이들을 그대가 노역에서 구출하여 조상의 유산에
이어줌으로써, 그대는 비로소 다윗의 왕좌에서
충분한 영광 속에 이집트로부터 유프라테스[82], 그리고
그 너머까지 군림할 것이며, 로마도
카이사르도 두렵지 않으리라."
　이에 우리 구세주는 동요함이 없이 말한다.
"세속의 허황된 권력과 덧없는 무력과
장기간 준비해도 곧 수포로 돌아가는
전쟁의 무기[83]를 그대는 많이도 보여주었도다.
또 많은 간계도 들려주었으나,
적군, 원군, 전쟁, 동맹이니 하는 심원한 계획들도
세상 사람들에게는 그럴듯하나 나에게는
아무런 가치도 없도다. 그대는 나더러
수단을 쓰라고, 그러지 않으면 예언이 빗나가고
나는 왕좌를 얻지 못하게 될 것이라 하나,
내 말했듯이 나의 때는 (그대에게는
멀수록 좋으련만) 아직 오지 않았도다.[84]
때가 오면 내가 무엇이고 노력하는 데 있어
태만하리라 생각지 말라. 나는 그대의
교활한 술책, 내게 보여준 거추장스러운
전쟁도구, 지력보다는 인간적 약점을 이용한 논법
따위는 어느 것도 필요치 아니하니라.

그대가 일컫는 바 나의 동포 열 지족을
나는 구해야 하리라, 만약 내가 다윗의 참된
후계자로 군림하고 그의 전권을 이스라엘의
모든 아들들과 마땅한 영토 위에 행사하려면.
그대의 이 같은 열성은 어찌된 일이냐, 전에는
이스라엘과 다윗과 그의 왕좌를 향하더니.
그대가 다윗으로 하여금 이스라엘의 병적兵籍을
헤아리는 오만의 죄를 범하도록 유혹했을 때,
괴질이 사흘 동안 칠만 명을 죽이지 않았더냐?[85]
이스라엘에 향하던 열성이 그러하더니
이제는 그 열성이 내게 향하도다.
잡혀간 지족들로 말하자면, 그들은 스스로
그들의 잡힘을 자초하여, 하나님을 떠나서,
송아지를,[86] 이집트의 제신을, 그다음은 바알 신과
아스다롯 신을 섬겼고, 또한 그 주변 이교도들의
모든 우상을 숭배했으며,[87] 그것 말고도 그들은
이교도의 온갖 죄악보다 더 나쁜 행동[88]을 하였느니라.
그들은 잡혀간 땅에서도
겸허하지 아니하고, 조상들의 하나님에게
사죄를 구하는 대신, 회개할 줄 모르고
자기들과 닮은 후손을 남기니
형식적인 할례[89]를 지킴으로써만
이방인[90]과 구별될 뿐, 예배에서도

하나님과 우상을 결합시켰느니라.
나 이들의 방종을 바라보고만 있으란 말인가,
자유로운 몸이 되어 조상의 유산으로 돌아가,
겸허하지 않고 회개하지 않고 변하지 않은 채
마구 달리며, 어쩌면 벧엘이나 단[91]의 신을
섬기게 될 텐데? 아니로다. 하나님을
우상과 함께 섬기는, 그 적을 섬기게 하라.[92]
그러나 신은 때가 되면 가장 적절한 시기에
아브라함[93]을 기억하시고, 어떤 놀라운 부름으로
회개케 하고 경건케 하여 그들을 다시 부르시리니,
그들이 즐거이 고향으로 돌아올 때
전에 홍해와 요단강물을 갈라놓으셨듯이[94]
아시리아 강물[95]을 갈라지게 하리라,
그들의 조상이 약속의 땅으로 건너갈 때처럼.
그분의 적합한 시기와 섭리에 나는 맡기노라."
　이스라엘의 참된 왕[96]이 이런 말로 적절히
답변하니 그의 모든 간계 수포가 되더라.
거짓이 참과 겨루면 이렇게 되리라.

제4편

이러한 나쁜 결과에 당황하고 괴로워
유혹자는 서서, 뭐라 말할 바를 모르니,
간계가 드러나고 희망이 사라진 때문이로다.
감언이설로 그렇게도 많이 하와를 기만했던,
그 설득력 있는 웅변술도 여기서는 아무런 효과가
없게 되었도다. 하와는 하와였고,
이렇게 사탄은 그의 상대가 되지는 못했도다. 이는
스스로 속고 경솔하여 적대가 되는 그의 능력과
자기 자신의 능력을 미리 가늠해보지 못했기 때문이었다.
그러나 간계에서 무적이라고 여겨졌던 자가
뜻밖의 참패를 당한 것같이,

그는 명예를 달래기 위하여 모든 역경도 불사하고
그의 허를 찌른 자를 여전히 쉬지 않고
유혹하니, 그의 수치는 더욱더 커졌다.
또는 포도주 짤 때 파리떼가 얻어맞고도,
달콤한 즙이 흐르는 압착기에
윙윙거리며 거듭거듭 달려들듯이,[1]
혹은 굽이치는 파도가 단단한 바위에
요동을 하면서 새로이 달려들다가
헛되이 부딪히고 부서져 거품이 되듯이,
사탄도 거듭거듭 퇴박을 맞고
입이 막히는 치욕을 당하고도
가망 없는 성공에의 노력을 버리지 않고
보람 없이 끈질긴 노력을 계속하였다.
그는 우리의 구세주를 그 높은 산의
서편으로 데리고 가니 넓지는 않으나 긴
또다른 평야[2]가 눈앞에 보인다.
남쪽은 바닷물에 씻겨내렸고, 북쪽은
같은 높이의 산등성이가 둘려 있어서
땅 위의 과일과 사람들의 터전을
차가운 북풍으로부터 가려주는데, 그 복판에는
강[3] 하나가 가로지르고, 그 양쪽 둑에는
한 나라의 왕도[4]가 자리잡고 있는데,
일곱 개의 작은 언덕 위엔 탑과 성전들이

당당하게 솟아 있고, 궁전들도 갖춰져 있다.
주랑 현관과, 극장, 목욕탕, 수도관,
조상, 기념비, 개선문, 정원, 숲 들이
가로지른 산봉우리 위로
눈앞에 전개되고 있었다.
어떠한 시차視差에 의한 것인지, 또는
공기를 통한 시각의 조작이었는지,
망원경에 의한 것인지 도무지 알 수가 없었다.
이제 유혹자는 이렇게 침묵을 깨뜨렸다.
"그대가 보고 있는 이 도읍은 다름 아닌
영광의 대大 로마니라. 그 이름 높은 땅의 여왕은
각국의 노획물로 번영을 누린다.
저기 보이는 것은 주피터 신전으로
다른 무엇보다도 그 웅장한 머리를
타르페이아 바위[5]와 난공불락의 성채 위로 드러내고,
저기 팔라티네산[6] 위에는
제국의 궁전이 있으니, 그 광대한 구역과
높은 구조는 가장 유능한 건축가들의 기술을
보여주고, 그 금빛 찬란한 흉벽은 멀리에서도
보이고, 탑들과 노대와 첨탑들[7]도 보인다.
그 밖에도 많은 아름다운 건물들이 있으니,
제신들의 전당과도 같다.
(내 이토록 잘 공중 망원경을 조정했으니) 그대는

볼 수 있으리라, 기둥과 지붕 안팎엔 이름난
장식공들의 손으로, 삼목과 대리석과 상아와
황금에다 조각품을 새겨놓은 것을.
성문으로 눈을 돌리면, 얼마나 많은 집정관들[8]과
총독들이 관복을 입고 분주하게 성문을
드나드는가를 보게 되리라. 권장을 든
관리들[9]이며, 군단[10]과 보병대[11], 그리고 기병대[12]와
그 익부대翼部隊[13]는 이런 권세자들의 기수들이니라.
멀리 점령지로부터 온 사절들은
갖가지 관복을 입고, 아피아대로[14]와
아이밀리아대로[15]를 왕래하니, 그중에
더러는 저 남쪽 시에네[16]와 그늘이
양편 길에 드리워져 있는 나일강의 섬
메로에[17]에서 온 사람들이고, 더러는 좀더 서쪽
보쿠스왕의 영토[18]로부터 블랙무어 바다[19]에 이르는
지역에서 온 사람들이니라. 아시아와 파르티아의
왕이 보낸 자도 있고, 인도나 황금의
케르소네스[20], 머나먼 인도제도의 타프로바네[21]에서 온
자들도 있었으니, 그 그을린 얼굴엔 비단
터번[22]을 둘렀도다. 그리고 갈리아,[23] 가데스,[24]
서인도제도에서 온 사람, 독일인, 스키타이인,[25]
도나우강 건너, 아조프해 북쪽의
사르마티아인[26]도 있도다. 만국이 지금

로마와 그 황제에 복종하니, 그 광대한 영토와
부와 권력과 예절과 예술과
무력과 오랜 명성을, 그대는
파르티아보다 더 가지고 싶으리라.
이 두 왕국을 제외하고는 모두가
야만인으로서, 별로 바라볼 가치조차 없으니,
이는 외딴 데 떨어져 있는 작은 왕국들이 나누어 가진
때문이로다. 이들을 보여줌으로써, 나는 그대에게
땅 위의 모든 왕국과 그들의 영화를 보여준 셈이로다.
이 황제[27]는 아들이 없고, 지금은 노쇠했도다.
늙었으나 호색하여, 캄파니아 해변에 있는
작지만 강력한 카프레아섬에 가 있으니
그 목적은, 거기 숨어서 그의 무서운
정욕을 채우는 것이로다.
그는 국사를 사악한 총신[28]에게 맡기고
그러면서도 그를 의심하고, 만백성으로부터
원성을 듣고 또한 그들을 증오했느니라.
그대처럼 성왕聖王의 미덕을 갖춘 이가
세상에 나타나 드높은 공적을 세우기 시작하면,
지금은 돼지우리가 된 그 왕좌로부터 이 괴물을
참으로 쉽게 몰아내고, 그 자리에 올라
승리자로서, 백성들을 노예의 멍에로부터
쉽게 해방시킬 수 있으리라. 내가 조력하면 가능하고

힘도 내게 있으니 그 권리로써 그것을 그대에게 주리라.
그러니 적어도 온 세상을 목표로 삼으라.[29]
최고를 목표로 하라, 그러지 않으면
다윗의 왕좌에 앉지도 못하고, 오랫동안 그것을
지니지도 못하리라, 예언이 뭐라 했든."
　하나님의 아들은 그에게 동요 없이 대답한다.
"이 사치스러운 장엄 장대한 호화경豪華景은
비록 훌륭하다 해도, 먼저 나에게 보여준
무력과 마찬가지로 나의 눈을 현혹하지
못하리라, 마음은 고사하고. 비록 그대가
저들의 탐식과 화려한 향연을
불수감의 상床[30]과 대리석 식탁 위에 보여주어도.
(나 또한 들어서 혹은 읽어서 알고 있으니)
세티아,[31] 칼레스, 팔레르네,[32] 키오스[33]산 포도주를,
그들이 주옥과 진주를 박은,
수정과 형석의 술잔에 받아
마신다고, 목마르고 배고픈 나에게 들려주어도.
그대는 나에게, 멀고 가까운 나라에서 온
사신들을 보여주었도다. 그러나 그렇게도 많은
허황된 찬사와 거짓말을, 이국 풍물에 대한
아첨의 말을, 앉아서 듣고 있는 것은,
시간 낭비일 뿐, 무슨 명예가 되겠는가?[34]
그대는 또한 황제[35]에 대하여, 어떻게 쉽게

정복하며, 얼마나 큰 영광이 될지를 말하면서,
괴물을 축출하라고 하나, 그를 그렇게 만든
악마를 먼저 내가 쫓아낸다면 어떻겠는가?
그를 괴롭히는 양심이 그를 벌할 것이니,
나 그자를 위하거나 그 백성을 해방하고자
온 것은 아니로다. 그들은 일찍이 승리자였으나
지금은 천하고 야비하여 노예 됨이 마땅하리라.
의로움·검약·온순·절제로 정복자가 되었으나
정복한 나라들을 굴레 씌워 학대하고
그 지방들을 약탈하고, 정욕과 강탈로 모든 것을
고갈시켰도다.[36] 처음에는 승리 위한 야심 가득하니
무모한 허영이었고, 피의 경기에 잔인해져서
야수를 싸움 붙이고, 사람을 그 앞에 던졌도다.
부로써 사치스러워지고 더욱더 탐욕스러워져
날마다 극장 구경으로 무기력해졌도다.
이렇게 타락하고 스스로 노예 된 자들을
어느 슬기롭고 용맹한 사람이
해방시키며, 속으론 노예인데
어찌 겉으로만 해방시킬 수 있겠는가?
그러므로 알라, 나 다윗의 왕좌에
앉을 때가 오면, 마치 나무와도 같이
온 땅에 퍼져 그늘을 드리우고,
혹은 돌처럼 땅 위의 모든 왕국들을

산산이 부수리니,[37] 나의 왕국은
끝이 없으리라.[38] 이에 이르는 방법이
있을 것이나, 그 방법이 무엇인지
그대 알 바 아니고 나 또한 말하지 않으리라."
이에 무례한 유혹자는 대답한다.
"제안만 하면 거절하니, 나의 모든 제안을
그대가 얼마나 가벼이 여기는지 알겠도다.
까다롭고 완고한 자를 기쁘게 할 것은 없으리라,
오직 더욱더 반대를 하는 것 말고는.
그러나 그대는 알아두라, 내가 제안한 것을
나는 그만큼 높이 생각한다는 것을. 또한
무엇이고 거저 주지는 않는다는 것도. 잠시 후
그대가 볼 땅 위의 왕국들을 나 그대에게
주리라. 내게 주어진 것인즉 주고 싶은
자에게 주리니, 결코 시시한 것은 아니니라.
그러나 한 가지 조건이 있으니 바로 이것,
즉 그대가 땅에 엎드려, 아주 쉬운 일이지만,
나를 그대보다 우월한 주로서 경배하고
그것들을 모두 내 것으로 인정하라는 것.[39] 이것도
아니하고 어찌 그 큰 선물을 받을 수 있겠는가?"
그에게 우리 구세주는 경멸로써 대답한다.
"나 그대의 말 듣기 싫고 그대의 제안은
더욱 싫도다. 그대가 그 끔찍한 말을 하고

그렇게 불경스러운 제안을 하기 때문이로다.
그러나 나는 참으리라, 그대 나를 유혹할
허락된 시간이 끝날 때까지. 십계명 중 첫째는
'주님이신 너의 하나님을 예배하고
그분만을 섬기라' 했도다.[40]
그런데 그대는 감히 하나님의 아들더러
저주받은 그대를 섬기라 하는가? 이번에는
더욱 저주받았으니 그 계획은 하와 때보다
좀더 대담하고 불경하여 비탄만이 기다리는도다.
세상 나라들이 그대에게 주어졌다 하지만,
그것은 허용되지 않는 것을 횡령한 것이니 그대는
그 밖의 어떤 것도 줄 것이 없도다.
주어졌다면, 모든 왕의 왕[41]이시요 모든 것 위에
뛰어나신 하나님 이외에 누가 주었겠는가?
그대는 받고 나서, 준 그분에게 얼마나 잘
갚았는가? 그대에게서 감사의 마음은 오래전에
없어졌도다. 그대는 두려움과 수치를
이다지도 모르고, 하나님의 아들인 나에게
나의 것을 주면서도 그렇게 끔찍한 조건을 걸고
엎드려 그대를 하나님으로 경배하라 하는가?
비켜나거라. 이제 보니 그대는 분명히
저 사악한 존재, 영원히 저주받을 사탄이로다."
　그에게 악마는 두려워서 쩔쩔매며 대답한다.

"그다지 불쾌히 생각지 마시라, 하나님의 아들이여.
천사도 사람도 모두 하나님의 아들이지만,[42]
나는 그대가 보다 높은 차원에서 그 이름을
들을 만한가를 알려고 제안했던 것이니라,
인간과 천사로부터 내가 받는 모든 것을, 즉
불·공기·물의 통치자들과, 또 땅 위의
모든 나라 사람들로부터 받는 모든 것을.
이 세상과 지하의 신[43]을 부른 것도 그 때문이니라.
그대가 누구인지 나는 가장 궁금하도다,
예언된 그대의 출현이 내게는 치명적인 것이니.
이 시련은 그대를 조금도 손상하지 않고
오히려 더 큰 명예와 존경을 받게 했도다.
그러나 나는 아무 이득도 없이 노린 것 다 잃었도다.
이 세상 나라들은 덧없는 것이니 그만하기로 하고,
나도 더이상 권고하진 않으리라.
그대 그것을 얻을 수 있든 없든 간에,
그대는 속세의 왕권보다는 다른 데 마음이 있는 듯,
명상과 깊은 토론을 더욱 즐기고
있도다. 그것은 어린 나이부터 나타난
일로, 그때 벌써 그대는 어머니의 눈을
벗어나, 혼자서 성전으로 들어갔고,
그대는 거기서 가장 근엄한 율법학자들과
토론하고 있었는데, 그 논제나 논점을 보니,

모세의 자리[44]에 맞을 정도여서 배운다기보다는
가르치는 것이었도다. 하루의 날씨는 아침에 알듯
사람은 어려서 알아보는 법. 그러니 그대 지혜로
명성을 얻으시라. 그대 왕국을 넓혀야 하듯이
그대의 마음도 온 세상에 퍼지게 하고
지식에서도 모든 것을 그 안에 포함하시라.
모세의 율법서, 모세 오경,[45] 또는 예언자들의 글에도
모든 지식이 다 들어 있지는 못하나니.
이교도들도 자연의 빛에 인도되어
놀랍도록 알고, 쓰고, 가르치도다.
이교도들과 많은 대화를 가짐으로써
그대의 뜻대로 설득하여 지배하시라.
그들을 모르고서 어찌 그대가 그들과,
또는 그들이 그대와 대화를 잘하겠는가?
그들을 어찌 설득하며 그들의 우상숭배와
관습과 궤변을 어찌 반박하리오?
실수는 자기의 무기로 가장 잘 정복되도다.
우리가 이 전망대를 떠나기 전에 한번 더 서쪽을
바라보시라. 남서쪽으로 더 가까이 보시라.
에게해 연안에 한 도시가 서 있으니, 고상하게
세워졌고 공기는 맑고 흙은 부드럽도다.
그리스의 눈 아테네, 예술과 웅변의 어머니,
유명한 재사들의 고향, 나그네를 후대하는 곳,

그 시가나 교외 아늑한 구석에는
면학가들의 길과 숲이 있다.
플라톤이 칩거하던 아카데메이아[46]의
감람나무 숲을 보시라. 나이팅게일[47]이 목청 뽑아
긴 여름을 노래하고, 저기 백화만발한
히메토스[48] 동산은 부지런한 꿀벌들의
날갯소리와 함께 심오한 사색으로
초대한다. 저기 일리소스[49]강물은 소곤거리며
흘러간다. 다음은 성벽 안의 옛 성현들의
교습장을 보시라. 알렉산드로스대왕을 길러서
세계를 정복케 한 그 사람[50]의 학원 리케이온[51]도
저기 있고, 채색한 주랑[52]도 그 옆에 있도다.
거기서 그대는 듣고 배우리라, 목소리 또는
악기를 뜯어, 음조와 운율의 조화를 이루는
그 비결을. 다양한 격조의 시,
아이올리아의 노래[53]와 도리아의 서정시[54]도.
거기다 숨결을 불어넣어준, 보다 드높이 노래한,
후일에 호메로스라 불린 장님 멜레시게네스[55],
포이보스[56] 신도 자기 시로 이 시인에게 도전했도다.
고상하고 엄숙한 비극작가들[57]이 코러스와
약강격弱強格 시로써 가르친 것도.
이들은 최고의 도덕 교사로 인생의 운명과
우연과 변천을 다루면서, 간결한 경구로

청중에게 기쁘게 받아들여졌고, 또한 그들은
고결한 행동과 정열을 가장 잘 묘사했도다.
이젠 유명한 옛 웅변가들[58]에게 귀를 기울이시라.
못 견디게 매력적인 그들의 웅변은
그 격렬한 민주정체를 마음대로 휘둘렀고,
병기고를 흔들었으며,[59] 그리스를 넘어서
마케도니아와 아르타크세르크세스[60] 왕좌에까지 벼락 쳤도다[61].
이제 성현의 철학[62]에 귀를 기울이시라.
하늘로부터 그의 낮은 지붕 위로 떨어진
그의 셋집[63]을 보시라. 신탁은 그를 가리켜
영감을 잘 받은 가장 현명한 사람이라고 했도다.
그의 입에서 감미로운 말이 유수같이 나와서
신구新舊 아카데메이아의 모든 학파,[64]
일명 소요학파[65]와 에피쿠로스 쾌락주의파
스토아 금욕주의파들을 적셔주었도다.
이들을 여기서, 혹 원하면 집에서,
깊이 생각해보시라. 그대가
나라를 맡을 만큼 성숙할 그때까지.
이 기예技藝들은 그대를 내적으로 완전한 왕으로
만들 것이니라, 제국과 합치면 더욱더."
　우리의 구세주는 슬기롭게 이렇게 대답한다.
"내가 이런 것을 모른다고 생각지도 말며
다 안다고 생각지도 말지어다. 마땅히 나는

알 것은 모르지 아니하니, 위로부터 원천에서
빛을 받는[66] 나는 다른 가르침이 필요 없도다,
비록 참되게 주어진다 해도. 그러나 이들은
그릇된 것이며 꿈과 억측과 환상과
별로 다름이 없으니, 확고한 것 위에 서지 못한 때문이라.
그들 중 첫째가는 가장 지혜로운 그이[67]도
공언했도다, 모른다는 것을 알 뿐이라고.
그다음 사람[68]은 객담과 미끈한 독단에 빠졌도다.
셋째[69]는 평범한 감각 있으되 모든 것 의심하고,
다른 이들은 행복이 미덕에 있다 하였어도
미덕이란 곧 부와 장수와 결합되는 것으로,
그는 그것을 육체적 쾌락과 편안에 두었도다.
끝으로 금욕주의자들은 철학적 오만에 빠지며
그것을 미덕이라 하였도다. 그의 미덕자는
스스로 지혜롭고 완전하고, 하나님과 맞먹는
모든 것을 가졌다고 하면서 하나님도 사람도
두려워하지 않아, 부와 쾌락과 고통,
삶과 죽음을 업신여기고[70] 원하면
생명도 버리며, 또 버릴 수 있다고 자랑하니
이 모든 지루한 말은 헛된 자랑이니라.
양심의 가책을 피하려는 교묘한 속임수로다.
그들이 가르쳐 현혹시키지 않는 것 있으랴?
자신이 자신을 모르고, 신은 더욱 모르고,

천지창조며, 인간이 스스로 타락한 후에,
하나님의 은총에만 의탁한다는 것도 모르면서.
영혼에 관하여 많은 말을 하나, 전혀 왜곡되어,[71]
자기에게서 미덕을 찾고, 영광을 자기에게
돌리고, 하나님에게는 조금도 돌리지 아니하고
행운이나 운명 같은 흔한 이름으로 부르며
인간 세상과는 관계없는 것처럼 여기는도다.
그렇기 때문에 이들에게서 참된 지혜를 얻으려는
자는 실패할 뿐 아니라, 더욱 나쁜 현혹 때문에
오직 텅 빈 구름 같은, 진리의 유사품만
얻으리라. 아무리 많은 책[72]을 현인이 천거해도
그들은 지루할 뿐. 아무리 열심히 읽어도,
동등한 또는 우월한 정신과 판단력을
기울이지 아니하면(이것들을 그는
다른 데서 얻어야 하는데), 읽고 나서는
더욱 불확실한 또는 동요된 상태로 남아 있고
읽기는 많이 하였으되 아는 것이 적고
급하게 먹고 탐식하고 스펀지 값어치밖에 안 되는
장난감이나 쓸데없는 것을 값지게 알고 모으도다,
아이들이 해변에서 조약돌을 줍듯이.
또한 만약 내가 나의 사적인 시간을
음악과 시로써 즐기려고 한다면, 어디서
우리의 모국어[73]로 얻는 것만큼 그렇게 쉽게

그 즐거움을 얻겠는가? 우리 율법의 역사는
찬송가로 가득하고, 시편에는 아름다운 비유들이
새겨져 있도다. 바빌론에서 히브리의 노래와 수금은
우리를 정복한 자들의 귀를 즐겁게 했으니,[74]
그리스가 오히려 우리에게서 이들을 배운 것이니라.
잘못 흉내내었나니, 그들은 소리 높여
그들의 제신과 자기들의 악덕을 노래하여
전설을, 찬가를, 가요를 짓고, 우스꽝스러운
그들의 신을 의인화하면서도 창피를 모르는도다.
그들의 과장된 수식어는 창녀의 뺨에 바른
화장처럼 두꺼워서 이것을 벗기면, 남는 것은
얇아져, 유익하고 기쁜 것은 별로 없느니라.
시온의 노래들과는 비교가 아니 되니
이들은 모든 참된 구미에 뛰어난 맛을 주며
하나님이 바로 칭송받고, 하나님을 닮은 사람,
덕인 중의 덕인과 성인들도 찬미받는도다.
그들은 그대가 아니라 하나님에게서 영감을 받도다,
자연의 빛으로 도덕적 가치가 나타나서
모든 것을 완전히 잃지 않을 수만 있다면.
그대는 또 저들의 웅변가를 능변의 최고봉으로,
참된 정치가로 애국자로 격찬하는 듯하나
우리의 예언자들보다는 훨씬 떨어지니,
이들은 신에게 배워서 더 잘 가르치는도다,

민간인 정부의 딱딱한 규칙마저도. 또한
이들의 꾸밈없는 정중한 문체는
그리스와 로마의 모든 웅변을 능가하는도다.
그들은 명백하고도 쉽게 가르치도다,
무엇이 나라를 복되게 하며, 어떻게 그것을
유지하는지, 무엇이 왕국들을 망하게 하며
도시국가를 넘어뜨리는가를. 이들은 오직
우리의 율법으로써만 참된 왕이 될 수 있도다."
  이렇게 하나님의 아들이 말씀하자 사탄은 이제
크게 당황하니 화살이 다했기 때문이다. 그는
우리의 구세주에게 굳은 표정으로 말한다.
  "부나 명예도, 무력이나 예술도, 왕국이나
제국도 그대 마음에 들지 않고, 내가 권하는
명상의 생활, 활동의 생활, 그리고 뒤따르는
영광과 명성도 그러하니, 도대체 그대는
세상에서 무엇을 하겠는가? 광야가 바로
그대에게 알맞은 곳이로다. 내 그대를 거기서
보았으니 데려다주리라. 그러나 명심하시라,
내 미리 말한 바, 내가 제안했던 원조를 이처럼
까다롭고 소심하게 거절했으나 곧 원하게 되리라는 것을.
나의 원조 있었더라면 당장에 그대 쉽게
다윗의 왕좌에 앉았으리라, 아니
온 세상의 왕좌에. 왜냐하면 이제 그대는

성년으로, 때가 가득차고,[75] 시기가 찾아와서
그대 위한 예언이 적중했기 때문이니라.
이제 반대로, 내 아무리 천체를 읽어보아도,
운명에 대하여 거기에 쓰여 있는 것을
별의 무리와 낱낱의 만남 속에서 뜯어보아도,
그대에게는 오로지 슬픔과 노고와 반대와
증오, 경멸과 비난과 가해 · 폭력 · 매질,
그리고 최후에는 처참한 죽음이 기다림을,
마술로 나에게 알려줄 뿐이로다. 별들이
그대에게 왕국을 예시하나, 무슨 왕국인지, 사실의
것인지 비유의 것인지 나 분간할 수 없고,
시작이 없고 끝이 없이 영원한 것은 확실하나
언제인지는 모르겠도다. 천체 역서曆書의 항목은
예정된 날짜를 나에게 알려주지 않느니라."
　이렇게 말하고 그는 (자기의 힘이 아직은
남은 것을 알고) 하나님의 아들을 광야로
데리고 가서, 거기다 내려놓고 사라지는 체한다.
해가 가라앉자 어둠이 일어나
찌푸린 밤으로, 실체 없는 어둠의 자식을 안내하니
빛을 상실한 공허한 시간이로다.
우리의 구세주는 온화하고, 마음의 갈등이 없도다.
공중여행으로 황망히 시달린 뒤,
굶주림과 추위로 안식을 찾아, 되는대로

밀집한 나무 그늘 밑으로 들어가
빽빽하게 엉킨 나뭇가지 아래서, 머리를 가리고
밤의 이슬과 습기를 피하려 했다.
은신은 했으나 잠을 못 이루니,
이는 그의 머리 위에서 유혹자가
그를 지켜보고 있기 때문이다. 그는 곧 흉측한
꿈으로 잠을 이루지 못하는데 양 회귀선[76]과
하늘의 양극[77]에서 뇌성이 일어나고
갈라진 구름 사이로 번개가 섞여,
때 이른 소나기가 쏟아지니, 물과 불이
쏟아지면서 합치더라. 바윗굴 속의 바람[78]도
잠자지 않고, 세계의 네 귀퉁이[79]로부터
나와서 시달리는 광야로 돌진하니,
키 큰 소나무와 참나무가, 제 키만큼 뿌리가
박혀 있어도, 격렬한 돌풍에, 뻣뻣한 그 고개를
숙이거나 송두리째 뽑히더라. 아, 참을성 많은
하나님의 아들이여, 그대 은신한 곳 빈약하여도
홀로 흔들리지 않고 서 있도다. 그러나
아직도 공포는 이에 그치지 않고, 땅속의
귀신과 지옥의 원령들이 사방에서 그대를
에워싸, 더러는 짖어대고, 더러는 고함치고,
더러는 비명 지르고, 더러는 그대에게 불화살을
던지나, 그대는 평정과 결백의 평온 속에

의연히 서 있도다. 이렇게 사나운 밤이 지나자,
화창한 아침이 잿빛 두건을 쓴 순례자처럼 찾아오니
그 빛나는 손길로 뇌성의 포효를 가라앉히고,
구름을 쫓고, 바람을 재우고,
악마가 소름 끼치는 공포로 하나님의 아들을
유혹하려고 일으킨 섬뜩한 악귀들도 몰아냈도다.
이제 해는 좀더 강한 햇살로 땅의 얼굴을 북돋우고,
늘어진 가지와 물방울이 뚝뚝 떨어지는
나무를 말렸도다. 그처럼 파괴적인
폭풍의 밤이 지난 후, 새들도 모든 것을
좀더 새롭고 푸르게 보면서, 덤불과
나뭇가지 속에서 목청을 가다듬어,
감미로운 아침이 돌아옴을 드높이 영접했도다.
그러나 암흑의 왕자는 그의 모든 희롱을 다하고서도
자리를 뜨지 않고, 이 아름다운 변화를
기리는 듯이, 우리 구주에게 다가왔도다. 이제는
그의 모든 술책도 다하여, 새로운 것 없이
오히려 이 마지막 공격을 결심하고,
이토록 잦은 격퇴에 무모한 분노와 악의를
토하려고 보다 나은 수단을 필사적으로 찾는다.
그분이 양지바른 언덕을 걷고 있는 것을
그가 발견했는데, 그곳은 북쪽과 서쪽이
울창한 숲으로 드리워져 있다. 그 숲에서

그는 낯익은 모습[80]으로 튀어나와서
무관심한 듯한 기분으로 이렇게 그에게 말한다.
"무서운 밤이 지나간 후 상쾌한 아침이, 그대
하나님의 아들에게 왔도다. 나는 땅과 하늘이
섞이는 듯한 뇌성을 들었으나, 나 자신은
멀리 있었도다. 이러한 돌풍들을
목숨을 가진 인간은 두려워하도다, 그것들이
하늘을 받친 기둥[81]이나 어두운 땅 밑의 기초에는
위험하다고, 그러나 대우주에는 마치 인간의
소우주에서의 재채기처럼 유익하진 않지만
사소하고 해가 없어 곧 사라져버리니라.
그러나 때로는 유독하여 그것이 칠 때는
인간과 짐승과 초목이 뒤흔들리고 쇠약해져
마치 인간사의 소요처럼 머릿속에 울려서
재해의 징후를 예시하는 듯하도다.
이 폭풍은 주로 이 황야로, 또 사람들 중에서는
그대에게만 밀려오도다, 그대만이 여기 살기에.
내 그대에게 말하지 않았던가? 만약 그대가
나의 원조와 함께 제공된 완전한 시기를 거절하고,
숙명으로 정해진 그 자리를 얻는 일에
운명이 하는 대로 모든 것을 맡기고 연기하면,
그대가 언제 다윗의 왕좌에 앉을지를
아무도 모르리라, 그 시기와 수단은

아무데도 쓰여 있지 않으니, 그대가 예정대로 될 것임은
틀림없지만. 천사들은 그것을 공포하였으나,
그 시기와 수단은 감추었는바
모든 행동이 가장 옳게 실현되는 것은, 그것을
불가피한 때가 아니라 알맞은 때에 하는 것이니라.
만약 그대가 이 점을 무시하면 내가 예언한 일을
당하리니 힘들고 위험한 일, 역경과 고통을 겪어야만,
그대가 이스라엘의 홀笏을 확보하리라.
아마도 이 불길한 밤에
주변에서 그 많은 공포와 목소리와 조짐이
나타난 것도, 바로 이 점을 그대에게
경고하고 확실한 전조로 삼으려는 것 같도다."
　그가 이렇게 말하나 하나님의 아들은 계속
쉬지 않고 가면서 이같이 간결하게 대답한다.
"보다시피 나는 젖기만 했을 뿐, 그대 말하는
그 공포가 나를 조금도 해치지 못하였도다.
나 조금도 두렵지 않았노라, 요란한 소리로
가까이서 위협했어도. 그들이 전조로서
무엇을 예시하든, 나 그것을 거짓 징조로,
하나님이 아니라 그대가 보낸 것으로 여기노라.
그대는 나의 지배 막지 못한 것을 알고
억지 원조 강요해서, 나 그것을 받기만 해도
그대의 모든 힘을 내가 가진 듯이 생각하게 하고,

야심 많은 악마여, 나의 하나님으로 여기게 하려고,
거절당함에 폭풍을 퍼부어, 나를 겁주고 마음대로
부리려고 하나, 단념하라, 그대 폭로되었으니
노고가 헛되도다. 나를 괴롭혀도 소용이 없노라."
　악마는 이제 울분을 터뜨리며 대답한다.
"그러면 들으시라, 다윗의 아들, 처녀의 태생이여[82].
그대 하나님의 아들이 아직도 나를 의심하는가.
모든 예언자가 메시아에 대해 예언하는 것을
나는 들어왔도다. 마침내 가브리엘 천사가
그대의 탄생을 알릴 때 나는 벌써 알았도다.
베들레헴의 들에서 그대가 탄생한 날 밤에
천사들이 그대에게 구주 탄생을 노래하였도다.
그때부터 나는 좀처럼 눈을 떼지 않고,
그대의 유년, 소년, 청년, 성년기를 지켜보았도다,
비록 세상눈에 띄지 않고 자라왔지만.
드디어 요단강에서 만인이 세례자 주위에 모였을 때,
나도 그 가운데, 세례 받기 위한 것은 아니었지만,
서 있다가 들었도다, 하늘로부터
그대가 사랑하는 성자로 선포되는 것을.
그때부터 나는 그대를 더욱 가까이서
세심히 관찰하여 그대가 어느 점 또는 어떤 의미로
성자로 불리는지 알아볼 만하다고 생각했도다.
이 점은 단순한 의미를 가진 것이 아니니라.

나도 하나님의 아들이요, 아니 아들이었으니
과거에 그러했으면 지금도 관계는 변함이 없도다.
만인이 다 하나님의 아들이지만 어느 면에서
그대는 좀더 높은 지위로 선포된 듯했도다.
그리하여 그때부터 나는 그대 발걸음을 지켜보고
이 광야에까지 그대를 따라왔도다.
이곳에서 그대는, 내 아무리 추측해도,
나의 치명적인 적이 될 듯하기에.
그러면 마땅하리라, 내 미리 나의 상대가
누구인지, 어떤 존재인지를 알아보는 것이.
그의 지혜와 능력과 의도를 알고, 담판이나
화해, 휴전, 동맹으로 그를 손에 넣고, 그로부터
빼앗을 수 있는 것은 빼앗기 위함이로다.
그리하여 나는 여기서 절호의 기회를 얻고서
그대를 시험하고 심문했으나, 내 고백하건대
그대는 모든 유혹에 견고하기 철석같고
알맹이처럼 단단하여, 지혜롭고 선량한 사람의
최고의 상쾌함을 보여주나, 사람 이상은 아님을
알았도다. 명예, 부, 왕국, 영광을 물리친 이는
전에도 있었고, 앞으로도 있을 것이므로.
그러니 그대가 사람보다 무엇이 나아서
하늘의 소리로 성자라고 불릴 가치가 있는지
나는 다른 방법으로 알아야겠도다."

이렇게 말하고 그를 붙잡아, 히포그리프[83]의
날개도 없이, 드높은 공중으로 올라가서
광야를 지나고 벌판을 지나니, 마침내
발아래 아름다운 예루살렘이 보였다.
이 성도는 탑들을 높이 쳐들고 있으나
영광된 성전[84]은 그 구조를 더 높이 올리니
멀리서 보매 설화석고雪花石膏의 산과도 같고
황금의 첨탑이 그 위에 서 있는 듯했다.
거기, 가장 높은 정상에다 그는 하나님의 아들을
내려놓고, 이렇게 조롱 섞인 말을 더한다.

"서 있어보려거든 서 있어보시라. 바로 서려면
기술이 필요하도다. 나 그대를 그대 아버지의
집[85]으로 데려와 가장 높이 놓았으니, 최고는
최선이오, 부자관계를 입증하시라. 못 서겠거든
뛰어내리시라, 하나님의 아들이면 다치지 말고.
기록되기를 '그분은 그대를 위하여, 천사를 명하여
저들의 손으로 그대를 받들지니, 그대 혹시라도
발이 돌에 부딪힐까 함이로다'[86] 하였도다."

예수의 답변은 이러했다. "또한 기록되기를,
'주님이신 너희 하나님을 시험하지 말라.'[87]"
그러자 사탄은 경악하며 떨어지니, 마치
대지의 아들 안타이오스[88]가 (작은 일을 큰일과
비교하는 바이지만) 이라사에서

주피터의 알케이데스[89]와 겨루다가
번번이 넘어져도, 어머니인 땅으로부터
다시금 힘을 얻어 새로운 힘으로
더욱 맹렬하게 맞붙어 싸우다가, 마침내
공중에 내던져져, 기진하여 쓰러짐과도 같이,
오만한 유혹자도 여러 번 격퇴를 당하고서도, 새로이
공격하며 승리자의 쓰러짐을 보려고 하다가
오만한 가운데, 오히려 자기가 쓰러졌도다.
또한 마치 수수께끼를 풀지 못한 사람을
잡아 삼킨 테베의 괴물[90]이
그 수수께끼가 풀리자, 비통과 악의로
이스메노스 절벽에 몸을 던졌듯이,
악마도 공포와 초조로 가득차서.
앉아서 모의하던 동료들에게 가져온 것이란
바라던 성공이 아니라, 즐겁지 못한 기념품인
파멸과 절망과 경악이니 이것들은 그렇게도
오만하게 성자를 유혹한 대가로다.
이렇게 사탄이 떨어지자, 불 같은 날개를 활짝
펴고, 곧바로 가까이 날아와서 천사의 무리가
불안한 장소에서 그를 그들의 깃털수레로
사뿐 모셔서, 마치 나는 마차처럼
화창한 공중으로 올라가, 백화만발한
골짜기, 녹색 둑 위에 내려놓았다. 그리고

그 앞에 식탁 위에다 신성한 하늘의 음식과
생명나무에서 따 온 신찬新饌의 열매를 놓고,
그리고 생명의 샘에서 신찬의 음료를 가져다가
차려놓으니, 지친 그를 곧 회복시켰고,
굶주림과 갈증이 조금이라도 그를 손상했다면,
그것 또한 치료하였다. 이때
천사의 합창대가, 유혹과
그 오만한 유혹자와 싸워 이긴 자를 위하여
승리의 찬미가를 불렀다.
"아버지의 참다운 모습[91]이시며, 축복의 품에
앉으셨거나, 빛 중의 빛을 품으실 때나, 천상에서
멀리, 육체의 감실에 안치되어 있거나
인간의 형상으로 광야를 방황하시거나,
어떤 장소나, 복장, 상황, 동작에 관계없이
한결같이 하나님의 아들이심을 나타내시고
하나님다우신 힘으로, 아버지의 옥좌를 노린
낙원의 도둑[92]에 대항하셨도다.
당신께서는 그를 오래전에 정복하시어
하늘로부터 그의 모든 무리와 함께 내치셨고
유혹을 물리치심으로써, 타락한 아담의 원수를
갚으시고, 잃었던 낙원을 다시 찾고,
속임수로 얻은 승리를 헛되게 하셨도다.
사탄은 앞으로는 낙원에다 한 번도

발을 들여놓고 유혹하지 못하리니,
그의 함정은 무너졌기 때문이로다.[93] 비록 땅 위의
낙원은 실패했으나, 더 좋은 낙원을 세우시니,
아담과 간택된 자손을 위함이로다.
당신 구세주는 이들에게 살 곳을 주시니
그들은 그곳에서 안전하게 거주하며
유혹자와 유혹을 두려워하지 않을 때가 오리로다.
그리고 그대 지옥의 뱀[94]이여,
구름 속의 지배가 오래가지 못하리라,
가을의 별처럼 또는 번개처럼, 그분에게
밟혀, 하늘에서 떨어지리라.[95] 그 증거로 그대는
벌써 상처의 고통[96]을 느끼도다. 비록
이 축출로 받은 상처의, 마지막 치명적 고통은
아닐지라도. 또 그대는 지옥에도 승리자로
개선하지 못하리라. 모든 지옥문이 그대의
무모한 시도를 슬퍼하도다. 이후로는 경외로써
성자를 두려워할 줄 알라. 그분은 무장하지 않고
그대를, 악마의 요새, 부정한 소유물로부터
쫓아내리니, 그대와 그대의 무리는, 고함치면서
달아나며, 돼지 무리 가운데 숨겨달라고[97]
애걸할 것이로다. 그분께서 명하시어 이 무리를
깊은 경계로 보내시고, 정해진 때에 앞서
고통을 보내실까 두려워하기 때문이로다.

가장 높은 분의 아들이시여, 두 세계[98]의 상속자여.
사탄의 진압자시여, 그대의 영광된 사업을
이제 착수하소서, 그리고 인류를 구하소서."
　이같이 천사들은 하나님의 아들, 온화한 우리의 구세주를
승리자로 찬송하고 하늘의 성찬으로 원기를 북돋워
기쁘게 그의 길로 인도하니, 예수는 눈에 띄지 않게
고향 어머니의 집으로 혼자 돌아갔도다.

주註

제1편

1) **한 인간의 불순종으로 … 낙원을 노래하리라(1~5행)** 아담의 죄로 행복의 동산 에덴 낙원을 잃었으나, 한 사람 예수의 순종으로 낙원을 회복하게 되었음을 노래하겠다는 것이다. "한 사람이 순종하지 아니함으로 많은 사람이 죄인 된 것같이 한 사람이 순종하심으로 많은 사람이 의인이 되리라"(「로마서」 5장 19절).

2) **에덴은 황폐한 광야에** "나 여호와가 시온의 모든 황폐한 곳들을 위로하여 그 사막을 에덴 같게, 그 광야를 여호와의 동산 같게 하였나니 그 가운데에 기쁨과 즐거워함과 감사함과 창화하는 소리가 있으리라"(「이사야」 51장 3절).

3) **이 영광의 … 그대 성령이여** "예수께서 성령의 충만함을 입어 요단강에서 돌아오사 광야에서 사십 일 동안 성령에게 이끌리시며"(「누가복음」 4장 1절).

4) **위대한 선언자** 세례 요한.

5) **회개하라 … 다가왔느니라** "회개하라 천국이 가까이 왔느니라"(「마태복음」 3장 2절).

6) **요셉의 아들** "예수께서는 가르치심을 시작하실 때에 삼십 세쯤 되시니라. 사람들이 아는 대로는 요셉의 아들이니"(「누가복음」 3장 23절).

7) **하늘의 예고를 받아** “나도 그를 알지 못하였으나 나를 보내어 물로 세례를 베풀라 하신 그이가 나에게 말씀하시되 성령이 내려서 누구 위에든지 머무는 것을 보거든 그가 곧 성령으로 세례를 베푸는 이인 줄 알라 하셨기에”(「요한복음」 1장 33절).

8) **하늘이 열리고 … 선언하셨다** “예수께서 세례를 받으시고 곧 물에서 올라오실새 하늘이 열리고 하나님의 성령이 비둘기같이 내려 자기 위에 임하심을 보시더니 하늘로부터 소리가 있어 말씀하시되 이는 내 사랑하는 아들이요 내 기뻐하는 자라 하시니라”(「마태복음」 3장 16~17절).

9) **원수도** 여기서 원수는 사탄. 「욥기」 1장 6~7절 참조.

10) **자기의 처소** 「욥기」 7장 10절 참조.

11) **중천** 「에베소서」 2장 2절에서는 사탄을 “공중의 권세 잡은 자”라 하였다. 히브리 사람들은 검은 구름이 모이는 중천(공중)을 모든 악령의 처소라 생각했다.

12) **치명적인 상처** 「창세기」 3장 15절 참조.

13) **이는 가장 긴 … 짧기 때문이니라** “주의 목전에는 천 년이 지나간 어제 같으며 밤의 한순간 같을 뿐임이니이다”(「시편」 90편 4절). “사랑하는 자들아 주께는 하루가 천 년 같고 천 년이 하루 같다는 이 한 가지를 잊지 말라”(「베드로후서」 3장 8절).

14) **그가 성장하여 … 것이니라** 「누가복음」 2장 52절 참조.

15) **위대한 예언자** 세례 요한.

16) **성별된 강물** 요단강. 세례 요한이 세례를 베푼 곳.

17) **저들을 정결케 하여** "주를 향하여 이 소망을 가진 자마다 그의 깨끗하심과 같이 자기를 깨끗하게 하느니라"(「요한1서」 3장 3절).

18) **사람들이 모두 … 받았도다** 「누가복음」 3장 21~22절 참조.

19) **수정의 문** "그러나 그가 위의 궁창을 명령하시며 하늘문을 여시고"(「시편」 78편 23절).

20) **아무도 감히 … 성취했도다** 『실낙원』 제2편 430~485행 참조. 사탄은 단독으로 지상 원정을 기도하여 에덴동산의 아담과 하와를 타락시켰던 것을 상기시키고 있다.

21) **조용한 항해** 아담을 유혹할 때는 지옥으로부터 지상으로 왔기 때문에 지극히 어려운 일들이 많았지만, 이번에는 공중에서 땅으로 내려오는 것이니까 그다지 어려움이 없을 것이라는 점을 드러내기 위하여 "조용한 항해"라는 말을 썼다.

22) **같은 성공** 아담을 유혹하여 성공했던 것과 마찬가지로 예수를 유혹하는 일도 성공할 것이라는 희망을 표현한 말이다.

23) **많은 즐거운 … 신들이 되게 했다** 타락한 천사들은 악마가 되어 이교도들의 신 노릇을 했다. 『실낙원』 제1편 392~587행 참조.

24) **뱀의 간계를 몸에 두르고** "공의로 그의 허리띠를 삼으며 성실로 그의 몸의 띠를 삼으리라"(「이사야」 11장 5절).

25) **가브리엘** 대천사들 중 하나. 『실낙원』 제4편 549~550행 참조.

26) **그 사신으로 … 덮으시리라고(134~140행)** 「누가복음」 1장 26~38절 참조.

27) **욥** 욥은 우스 사람으로, "온전하고 정직하여 하나님을 경외하며 악에서 떠

난 자"(「욥기」 1장 1절)였다. 그런데 사탄의 시험을 받아 말할 수 없는 고통을 받았으나 마침내 인내로써 그것을 극복했다.

28) 죽음과 죄 『실낙원』 제2편 648~673행, 제10편 585~609행 참조.

29) 그의 약함이 … 정복하리라 「고린도전서」 1장 27절 참조.

30) 내 얼마나 … 부르게 되었음을 『실낙원』 제3편 308~309행, 제6편 42행 참조.

31) 성부는 성자를 아시므로 "아버지께서 나를 아시고 내가 아버지를 아는 것 같으니 나는 양을 위하여 목숨을 버리노라"(「요한복음」 10장 15절).

32) 베다바라 「요한복음」 1장 28절에는 '베다니'로 돼 있는데 밀턴은 그것을 '베다바라'라 했다. '베다니'는 요단강 건너편에 있는 작은 마을이다.

33) 성령과 … 이끌려 "그때에 예수께서 성령에게 이끌리어 마귀에게 시험을 받으러 광야로 가사"(「마태복음」 4장 1절).

34) 광야 사해의 서쪽 연안에 있는 광야.

35) 온갖 진리 「요한복음」 18장 37절 참조.

36) 하나님의 율법을 … 발견했고 「시편」 1편 2절 참조.

37) 내 나이 아직 … 제시했었다 「누가복음」 2장 42~50절 참조.

38) 하나님께로부터 … 생각했느니라(238~254행) 자세한 내용은 「마태복음」 1~2장과 「누가복음」 1~2장에 기록되어 있다.

39) 의로운 시므온 "예루살렘에 시므온이라 하는 사람이 있으니 이 사람은 의

롭고 경건하여 이스라엘의 위로를 기다리는 자라. 성령이 그 위에 계시더라"(「누가복음」 2장 25절).

40) **인류의 과중한 … 옮겨져** 「이사야」 53장 6절 참조.

41) **영원한 문** 「시편」 24편 7절 참조.

42) **메시아보다 앞서 … 선언했다(270~285행)** 「마태복음」 3장, 「누가복음」 3장, 「마가복음」 1장에 근거를 두고 있다.

43) **때라는 것을** "때가 차매 하나님이 그 아들을 보내사 여자에게서 나게 하시고 율법 아래에 나게 하신 것은"(「갈라디아서」 4장 4절).

44) **어떤 강한 동기에 이끌려** 「마태복음」 4장 1절 참조.

45) **새벽별** 예수를 가리킨다. "나는 다윗의 뿌리요 자손이니 곧 광명한 새벽별이라 하시더라"(「요한계시록」 22장 16절).

46) **마침내 야수들 속에서 … 번쩍였다** 「마가복음」 1장 13절, 「이사야」 65장 25절 참조.

47) **한 노인** 사탄. 전략적으로 변장한 것이지만, 사실상은 능력이 약화되었음을 표상하고 있다.

48) **길 잃은 암양을 찾는 듯도 하고** 예수그리스도 안에 있지 않으면 잃어버린 양 같은 영혼(사람)이 되는데, 그런 사람을 찾는 듯도 하다는 것이다. 「요한복음」 15장 6절과 비교.

49) **단신으로 … 돌아간 자 없소** 「민수기」 14장 29절 참조.

50) **그러나 그대가 … 해보시오** 이 대화의 전거는 「누가복음」 4장 3~4절에서 찾

을 수 있다.

51) **사람은 빵으로… 쓰여 있지 않소** "너를 낮추시며 너를 주리게 하시며 또 너도 알지 못하며 네 조상들도 알지 못하던 만나를 네게 먹이신 것은 사람이 떡으로만 사는 것이 아니요 여호와의 입에서 나오는 모든 말씀으로 사는 줄을 네가 알게 하려 하심이니라"(「신명기」 8장 3절).

52) **산에서 모세는… 않았소** 「출애굽기」 24장 18절 참조.

53) **엘리야도… 헤매었고** 「열왕기상」 19장 8절 참조.

54) **광명의 빛** 『실낙원』 제1편 591~592행, 제7편 132~133행 참조.

55) **허위로써** "너희는 너희 아비 마귀에게서 났으니 너희 아비의 욕심대로 너희도 행하고자 하느니라. 그는 처음부터 살인한 자요 진리가 그 속에 없으므로 진리에 서지 못하고 거짓을 말할 때마다 제 것으로 말하나니 이는 그가 거짓말쟁이요 거짓의 아비가 되었음이라"(「요한복음」 8장 44절).

56) **지옥에… 없지만** 『실낙원』 제9편 465~469행 참조.

57) **그대의 두려움이… 돌리는가?** 『실낙원』 제1편 159~162행 참조.

58) **다른 봉사는… 되었도다** 「열왕기상」 22장 6절 참조.

59) **신탁은 중단되고** "내가 또 복술을 네 손에서 끊으리니 네게 다시는 점쟁이가 없게 될 것이며"(「미가」 5장 12절).

60) **살아 있는 말씀** 예수.

61) **진리의 영** "그러나 진리의 성령이 오시면 그가 너희를 모든 진리 가운데로 인도하시리니 그가 스스로 말하지 않고 오직 들은 것을 말하며 장래 일을 너희

에게 알리시리라"(「요한복음」 16장 13절).

62) **기도하고…내리셨으니** 「민수기」 23장 20절 참조.

63) **그대 이리 옴을 내 명하지도…생각되는 대로 하라** 『실낙원』 제4편 1008~1011행 참조.

64) **야수** 「시편」 104편 20절 참조.

제2편

1) **메시아** 그리스도. '기름부음을 받은 사람'이라는 뜻.

2) **안드레와 시몬** 예수의 제자들. 시몬은 베드로의 별칭이며 안드레(동생)와는 형제간이다. 「요한복음」 1장 39~42절 참조.

3) **모세가 일찍이…것처럼** "모세는 구름 속으로 들어가서 산 위에 올랐으며 모세가 사십 일 사십 야를 산에 있으니라"(「출애굽기」 24장 18절).

4) **불수레를…올라갔지만** "두 사람이 길을 가며 말하더니 불수레와 불말들이 두 사람을 갈라놓고 엘리야가 회오리바람으로 하늘로 올라가더라"(「열왕기하」 2장 11절).

5) **언젠가는 다시 올** "보라. 여호와의 크고 두려운 날이 이르기 전에 내가 선지자 엘리야를 너희에게 보내리니"(「말라기」 4장 5절).

6) **디셉 사람** 예언자 엘리야. 디셉은 요단강의 동쪽 길르앗에 있는 도시 이름. 「열왕기상」 17장 1절 참조.

7) **젊은 예언자들이…찾았던 것처럼** "그에게 이르되 당신의 종들에게 용감한

사람 오십 명이 있으니 청하건대 그들이 가서 당신의 주인을 찾게 하소서. 염려하건대 여호와의 성령이 그를 들고 가다가 어느 산에나 어느 골짜기에 던지셨을까 하나이다 하니라. 엘리사가 이르되 보내지 말라 하나 무리가 그로 부끄러워하도록 강청하매 보내라 한지라. 그들이 오십 명을 보냈더니 사흘 동안을 찾되 발견하지 못하고"(「열왕기하」 2장 16~17절).

8) **여리고** 팔레스타인의 옛 도시로 '종려도시'라고도 한다. 「신명기」 34장 3절 참조.

9) **애논, 옛 살렘** "요한도 살렘 가까운 애논에서 세례를 베푸니 거기 물이 많음이라. 그러므로 사람들이 와서 세례를 받더라"(「요한복음」 3장 23절). 밀턴은 「창세기」 14장 18절에 나오는 그 옛날의 살렘(Salem)과 동일시한 것으로 추측되기에 살렘에다 '옛'이라는 관형사를 붙였다.

10) **마카에루스** 사해 동쪽 황야에 있는 요새지. 여기서 세례 요한이 죽었다고 한다.

11) **게네사렛 호수** 갈릴리호의 별칭.

12) **페레아** 유대의 왕이었던 헤롯 대왕 시절 요단강의 동쪽 계곡을 말하는 지명이다. 요단강을 기준으로 갈릴리 호수와 사해의 중간에 위치한다. 헤롯 대왕의 사후 그의 영토는 로마로부터 세 부분으로 나뉘었는데 갈릴리와 이곳 페레아는 헤롯 안티파스가 분봉왕으로 차지했다.

13) **평범한 고기잡이꾼들** 시몬 베드로와 안들레, 세배대의 아들 야고보와 요한을 가리킨다. 마가복음 1장 16~20절 참조.

14) **은혜와 진리가 충만** "말씀이 육신이 되어 우리 가운데 거하시매 우리가 그의 영광을 보니 아버지의 독생자의 영광이요 은혜와 진리가 충만하더라"(「요한복음」 1장 14절).

15) **이스라엘 나라가 회복되리라** 예수가 부활한 뒤 제자들이 그를 보고 질문한 말을 되풀이하고 있다. 「사도행전」 1장 6절 참조.

16) **지상의 왕들을…억압하고** "세상의 군왕들이 나서며 관원들이 서로 꾀하여 여호와와 그의 기름 부음 받은 자를 대적하며"(「시편」 2편 2절).

17) **기름부음 받은 자** 메시아. 예수그리스도를 가리킨다.

18) **복되도다…축복받은 이여** "그에게 들어가 이르되 은혜를 받은 자여 평안할지어다. 주께서 너와 함께하시도다 하니"(「누가복음」 1장 28절).

19) **이윽고…일삼던** "그들이 떠난 후에 주의 사자가 요셉에게 현몽하여 이르되 헤롯이 아기를 찾아 죽이려 하니 일어나 아기와 그의 어머니를 데리고 애굽으로 피하여 내가 네게 이르기까지 거기 있으라 하시니 요셉이 일어나서 밤에 아기와 그의 어머니를 데리고 애굽으로 떠나가 헤롯이 죽기까지 거기 있었으니 이는 주께서 선지자를 통하여 말씀하신바 애굽으로부터 내 아들을 불렀다 함을 이루려 하심이라 이에 헤롯이 박사들에게 속은 줄 알고 심히 노하여 사람을 보내어 베들레헴과 그 모든 지경 안에 있는 사내아이를 박사들에게 자세히 알아본 그때를 기준하여 두 살부터 그 아래로 다 죽이니"(마태복음 2장 13~16절).

20) **왕** 헤롯. 아기 예수가 탄생했을 때 유아살해명령을 내린 장본인이 헤롯 대왕이다. 그는 건축에 대해 일가견이 있어 이곳저곳에 세운 건축물이나 도시들로 이름을 날렸다. 지중해변의 가이사랴, 사마리아의 세바스테, 예루살렘에 건축한 성전, 궁전, 안토니오 성채를 비롯해서 거명할 때 그 수를 헤아리기 힘들 정도다. 그중에서 그가 전략적으로 건축한 요새는 세 군데인데, 헤로디온, 마르케스(헤롯 안티파스가 27년경 세례자 요한을 정치적인 위험인물로 간주하여 이 요새에 가두었다가 참수한 곳), 마사다가 있다. 헤롯 대왕은 이두매 출신의 반 유대인으로서 항상 정치적인 재능과 권력욕으로 당대를 풍미했다.

21) **나사렛** 갈릴리 해변의 조그마한 마을. 이 나사렛에서 예수는 어린 시절부터 30세까지 살았다. 그래서 예수를 갈릴리 나사렛 사람이라고 부른다.

22) **늙은 시므온이 … 바와 같이** 「누가복음」 2장 34~35절 참조.

23) **아버지의 일** "예수께서 이르시되 어찌하여 나를 찾으셨나이까 내가 내 아버지 집에 있어야 될 줄을 알지 못하셨나이까 하시니"(「누가복음」 2장 49절).

24) **내 마음은 … 되어왔다** "마리아는 이 모든 일을 마음에 새기어 생각하니라"(「누가복음」 2장 19절).

25) **대업** 예수가 세상에 오신 목적인 인류 구속을 일컫는다.

26) **불, 공기, 물, 지하** 세상을 이루는 4원소를 가리킨다.

27) **늙은 뱀** "큰 용이 내쫓기니 옛 뱀 곧 마귀라고도 하고 사탄이라고도 하며 온 천하를 꾀는 자라 그가 땅으로 내쫓기니 그의 사자들도 그와 함께 내쫓기니라"(요한계시록 12장 9절). 20장 2절 참조.

28) **아스모다이** 『실낙원』 제6편 365행 참조. 호색의 천사.

29) **벨리알** 『실낙원』 제1편 490~493행과 제2편 109~117행 참조. 벨리알은 사탄의 별명으로도 쓰인다. 「고린도후서」 6장 15절 참조.

30) **그 밖의 … 경배케 했나이다** "솔로몬의 나이가 많을 때에 그의 여인들이 그의 마음을 돌려 다른 신들을 따르게 하였으므로 왕의 마음이 그의 아버지 다윗의 마음과 같지 아니하여 그의 하나님 여호와 앞에 온전하지 못하였으니 이는 시돈 사람의 여신 아스다롯을 따르고 암몬 사람의 가증한 밀곰을 따름이라. 솔로몬이 여호와의 눈앞에서 악을 행하여 그의 아버지 다윗이 여호와를 온전히 따름같이 따르지 아니하고 모압의 가증한 그모스를 위하여 예루살렘 앞산에 산당을 지었고 또 암몬 자손의 가증한 몰록을 위하여 그와 같이 하였으며 그가 또 그의 이방 여인들을 위하여 다 그와 같이 한지라. 그들이 자기의 신들에게 분향하며 제사하였더라"(열왕기상 11장 4~8절).

31) **대홍수…일으켰도다** “하나님의 아들들이 사람의 딸들의 아름다움을 보고 자기들이 좋아하는 모든 여자를 아내로 삼는지라”(창세기 6장 2절).

32) **칼리스토…시링크스** 칼리스토는 주피터에게 유혹당한 디아나의 요정들 중 하나. 클리메네는 바다의 요정 파에톤의 어머니. 다프네는 아폴론의 추격을 받았을 때 월계수로 변한 요정. 세멜레는 바쿠스의 어머니. 안티오페는 반인반수(半人半獸)로 변장한 주피터의 유혹을 받은 여인. 아미모네는 넵투누스의 사랑을 받은 요정. 시링크스는 판의 추격을 받자 갈대로 변한 요정. 이 모든 요정들은 실제로는 타락한 천사들이라고 밀턴은 보았다.

33) **펠라의 젊은 정복자** 마케도니아의 수도 펠라에서 태어난 알렉산드로스대왕. 알렉산드로스대왕은 기원전 333년에 이수스 근처에서 페르시아를 정복한 뒤 다리우스의 아내와 딸들을 후대했다고 한다.

34) **아프리카라는 별명을 가진 자** 로마의 명장 스키피오 아프리카누스(Scipio Africanus). 스키피오는 포로로 잡은 아름다운 스페인 여성을 약혼한 남자에게 돌려주었다고 한다.

35) **비너스의 띠** 비너스(아프로디테)는 케스토스라고 하는 자수를 놓은 띠를 가지고 있었는데, 이 띠는 애정을 일으키게 하는 힘을 가지고 있다.

36) **아버지의 뜻** “예수께서 이르시되 나의 양식은 나를 보내신 이의 뜻을 행하며 그의 일을 온전히 이루는 이것이니라”(「요한복음」 4장 34절).

37) **그는 꿈 중에…생각했다(265~269행)** “그가 여호와의 말씀과 같이 하여 곧 가서 요단 앞 그릿 시냇가에 머물매 까마귀들이 아침에도 떡과 고기를, 저녁에도 떡과 고기를 가져왔고 그가 시냇물을 마셨으나 땅에 비가 내리지 아니하므로 얼마 후에 그 시내가 다 마르니라”(「열왕기상」 17장 5~7절).

38) **또한 그는…견디는 것도(269~275행)** 「열왕기상」 19장 4~8절 참조.

39) **다니엘의…나누기도 했다** 「다니엘」 1장 3~21절 참조.

40) **집을 도망쳐…얻었도다** 아브라함의 계집종 하갈과 그 아들 이스마엘은 사라에 의해 내쫓김을 당했다. 이스마엘은 그후 천사가 하갈에게 샘물을 보여주지 않았다면 광야에서 죽었을 것이다(「창세기」 21장 9~21절 참조). 여기서 밀턴은 이스마엘을 그의 장자 느바욧의 이름으로 부르고 있다(「창세기」 25장 13절 참조).

41) **이스라엘의…내리지 않았던들** "사람이 사는 땅에 이르기까지 이스라엘 자손이 사십 년 동안 만나를 먹었으니 곧 가나안 땅 접경에 이르기까지 그들이 만나를 먹었더라"(출애굽기 16장 35절).

42) **데베스** 밀턴은 아비멜렉이 살해당한 데베스(「사사기」 9장 50~55절)와 엘리야의 출생지인 디셉을 혼동하고 있다.

43) **젊은 다니엘이 거절할 수 있었던** "다니엘은 뜻을 정하여 왕의 음식과 그가 마시는 포도주로 자기를 더럽히지 아니하리라 하고 자기를 더럽히지 아니하도록 환관장에게 구하니"(다니엘 1장 8절).

44) **폰토스** 흑해 연안의 지역.

45) **루크린만** 이탈리아 나폴리에서 가까운 초호. 굴로 유명하다.

46) **가니메데스** 제우스가 시동으로 삼기 위해 납치해 간 미소년.

47) **힐라스** 헤라클레스가 사랑한 미소년.

48) **디아나** 그리스의 아르테미스와 사실상 같은 신으로, 디아나라는 이름은 '빛나다'라는 뜻의 디(di)에 어원을 두고 있으며, '빛나는 존재'라는 뜻이다. 아르테미스와 마찬가지로 가축의 여신을 겸했다. 다산(多産)의 신이기도 하여 여자들이 임신과 출산을 도와달라고 청하는 대상이었다. 원래는 삼림지대의 토착

여신이었다. 이탈리아 여신들을 섬기는 장소 가운데 가장 잘 알려진 곳은 아리키아 부근 네미 호숫가의 디아나 네모렌시스 숲(숲의 디아나)이었다. 인근 시내의 정령들이 디아나를 섬기며 아기 낳는 산모를 지켜주었다고 한다.

49) **아말테이아의 뿔** 풍요의 뿔. 어린 제우스 신에게 젖을 먹였다고 하는 양의 뿔. 그 뿔에서는 과실과 꽃이 끊임없이 나온다고 한다. 아말테이아는 『실낙원』에서는 바쿠스의 어머니로 나온다(『실낙원』 제4편 277행).

50) **나이아스** 그리스신화에 나오는 물의 요정들을 일컫는다.

51) **로그레스** 세번(Severn)의 동쪽에 있는 잉글랜드. 아서왕 전설에 나오는 아서왕의 왕국 이름.

52) **리오네스** 아서왕 전설에 나오는 지역.

53) **랜슬롯** 아서왕 이야기에 나오는 뛰어난 기사 중 하나.

54) **펠레아스** 아서왕 이야기에 나오는 원탁의 기사들 중 하나.

55) **펠레노어** 아서왕 이야기에 나오는 왕.

56) **헤스페리데스** 세계의 서쪽 끝에서 황금사과를 지키고 있다는 세 여신.

57) **플로라** 꽃의 여신.

58) **내가 가장…있겠는가** "그뿐 아니라 하나님을 대적하여 말하기를 하나님이 광야에서 식탁을 베푸실 수 있으랴"(시편 78편 19절).

59) **전리품** 인간의 식욕, 성욕, 명예욕, 권세욕 등, 인간의 욕망을 채우는 것들. 즉 하와의 선악과처럼 인간을 유혹할 수 있는 유혹물을 일컫는다.

60) **목수** "이는 그 목수의 아들이 아니냐 그 어머니는 마리아, 그 형제들은 야고보, 요셉, 시몬, 유다라 하지 않느냐"(마태복음 13장 55절).

61) **굶주림에 시달리고** "그의 힘은 기근으로 말미암아 쇠하고 그 곁에는 재앙이 기다릴 것이며"(욥기 18장 12절).

62) **안티파테르** 헤롯의 아버지. 그는 재부로써 권력에 오르게 되고 유대를 지배하는 데도 돈의 힘이 컸다고 한다.

63) **재물도 내 것이고** "은도 내 것이요 금도 내 것이니라 만군의 여호와의 말이니라"(학개 2장 8절).

64) **기드온** 이스라엘의 판관 중 하나. 「사사기」 6장 15절 참조.

65) **입다** 길르앗의 창녀 몸에서 태어난 장사. 후일 이스라엘의 판관이 된다. 「사사기」 11장 2~3절 참조.

66) **목동** 다윗.

67) **퀸티우스 … 레굴루스** 로마의 영웅들.

제3편

1) **그대는 알아서 … 보노라** 사탄은 그리스도를 추켜세우면서 유혹을 시작한다. 여기서 사용한 사탄의 수사법은 '아첨'이다. '아첨'은 '거짓말' '뜬소문' '입에 발린 찬사' 등과 함께 사용되는 진실이 결여된, 인간을 타락시키기 위한 사탄의 전술적 수사다.

2) **신탁의 보석** 여기서 보석은 '우림'과 '둠밈'을 가리키는데, '신탁의 보석'이라 한 것은 그 보석을 매개로 해서 신이 그의 뜻을 나타내거나 물음에 대답하신다

는 의미다.

3) **우림과 둠밈** 모세의 형인 대제사장 아론의 가슴받이 속에 넣어두었던 보석으로, 우림은 '빛'을, 둠밈은 '진리'를 의미한다. "너는 우림과 둠밈을 판결 흉패 안에 넣어 아론이 여호와 앞에 들어갈 때에 그의 가슴에 붙이게 하라. 아론은 여호와 앞에서 이스라엘 자손의 흉패를 항상 그의 가슴에 붙일지니라"(「출애굽기」 28장 30절)라고 기록된 대로, '시비' 또는 '판결'을 내는 흉패 즉 가슴받이 속에는 항상 신탁을 위하여 두 보석 '우림'과 '둠밈'을 넣어두었다. 아론은 제사장으로서 여호와 앞에서 이스라엘 백성의 시비를 가리거나 옳고 그름을 판결할 때 언제나 이 두 보석을 가슴에 붙이고 있었다. 그러니까 이 두 보석은 예언이나 신탁의 매개물이었다.

4) **그대는 어찌하여…보답을 버리는가** 사탄은 그리스도가 위대한 행동을 하여 사람들로부터 영광과 존경을 받을 수 있는데도 그렇게 하지 않는다고 그럴듯하고 솔깃한 유혹의 미끼를 던진다. 그러나 사실상 제3편의 주제인 '진정한 명예'는 인간이 노력해서 얻을 수 있는 것이 아니고 하나님이 인정하실 때 주어지는 것이다.

5) **성년이 지났으니** "예수께서 가르치심을 시작하실 때에 삼십 세쯤 되시니라"(「누가복음」 3장 23절).

6) **마케도니아… 개선했도다(32~36행)** 필리포스왕의 아들 알렉산드로스가 이수스전쟁에서 승리한 것이 23세 때였고, 알베라전쟁에서 이겨 페르시아제국을 무찌른 것이 25세 때였다. 그리고 8년 뒤에는 아시아 여러 나라를 정복하여 바빌론에 도읍을 정했다. 키루스는 페르시아 전성기의 왕이었으므로 "키루스 왕좌"란 페르시아제국을 뜻한다. 스키피오 아프리카누스가 스페인에서 카르타고군을 소탕한 것이 28세 때이고, 폼페이우스가 아프리카를 정복한 것이 25세 때였다. 그러나 폰토스 왕을 항복시킨 것은 45세 때였으니까, 그것을 30세 이전의 일로 말하는 것은 사탄의 터무니없는 과장이다. '과장'도 사탄이 자주 사용하는 수사 중 하나다.

7) **카이사르 대왕은… 탄식했지만** 플루타르코스의 『영웅전』을 보면 율리우스 카이사르는 어느 날 알렉산드로스대왕의 전승 기록을 읽다가 자기는 그렇게 자랑할 만한 빛나는 공적을 세우지 못한 것을 한탄하여 울었다고 한다.

8) **영예란… 민중의 찬사일 뿐이니** 세네카의 『서한집』에 나오는 다음과 같은 말, "영광과 명성에 어떤 뚜렷한 구별이 있느냐. 영광은 많은 사람의 판단에 의존하는 것이요, 명성은 착한 사람의 판단에 의존하는 것이다"를 인유한 것인 듯하다.

9) **너는 내 종 욥을 보았느냐** "여호와께서 사탄에게 이르시되 네가 내 종 욥을 주의하여 보았느냐 그와 같이 온전하고 정직하여 하나님을 경외하며 악에서 떠난 자는 세상에 없느니라"(「욥기」 1장 8절).

10) **신이라** 로마의 황제들은 원로원에서 대부분 '신성(神聖)'이라는 이름을 받았다. "헤롯이 날을 택하여 왕복을 입고 단상에 앉아 백성에게 연설하니 백성들이 크게 부르되 이것은 신의 소리요 사람의 소리가 아니라 하거늘"(「사도행전」 12장 21~22절)과 비교해보면 쉽게 알 수 있다.

11) **은인이라** "예수께서 이르시되 이방인의 임금들은 그들을 주관하며 그 집권자들은 은인이라 칭함을 받으나"(「누가복음」 22장 25절).

12) **이는 주피터… 하다가** 알렉산드로스는 암몬의 주피터의 아들로, 스키피오는 카피톨리누스의 주피터의 아들로(『실낙원』 제9편 507~510행 참조), 로물루스는 마르스의 아들로 불렸다.

13) **짐승처럼… 보답했도다** 알렉산드로스는 알코올중독자로, 기원전 323년에 그것이 원인이 되어 처참하고 수치스러운 최후를 마쳤다.

14) **지혜, 인내와 절제** "지식에 절제를, 절제에 인내를, 인내에 경건을, 경건에 형제 우애를, 형제 우애에 사랑을 더하라"(「베드로후서」 1장 6~7절).

15) **부당한 죽음** 소크라테스는 젊은이들을 부패 타락시키고 국가의 신들을 헐뜯었다는 죄명 아래 부당하게도 독배를 마시고 죽었다. 그는 쉽사리 그것을 피할 수도 있었지만 법이 없는 세상에서 사느니보다는 죽는 편이 낫다고 생각하여 죽음을 택했다. 그로 인해 오히려 그의 이름은 드높아졌다.

16) **소(小) 아프리카누스** 기원전 204년 아프리카에 상륙하여 강제로 아프리카 북부 고대 도시국가인 카르타고의 사람들로 하여금 한니발(247~183 BC)을 강제 소환시켰던 스키피오를 가리킨다.

17) **나의 것 아니라…그분의 것이로다** "스스로 말하는 자는 자기 영광만 구하되 보내신 이의 영광을 구하는 자는 참되니 그 속에 불의가 없느니라"(「요한복음」 7장 18절). "나는 내 영광을 구하지 아니하나 구하고 판단하시는 이가 계시니라"(「요한복음」 8장 50절).

18) **그는 영광을…창조하고** "우리 주 하나님이여 영광과 존귀와 권능을 받으시는 것이 합당하오니 주께서 만물을 지으신지라. 만물이 주의 뜻대로 있었고 또 지으심을 받았나이다"(「요한계시록」 4장 11절).

19) **야만인** 그리스인이 아닌 사람을 가리킨다.

20) **어머니 편** 예수는 어머니 편으로 보면 다윗의 자손이다(「마태복음」 1장 1~16절, 「누가복음」 3장 23~38절 참조). "나는 다윗의 뿌리요 자손이니 곧 광명한 새벽별이라 하시더라"(「요한계시록」 22장 16절).

21) **지금은 유대와…있는바** 유대는 기원후 6년에 시리아의 로마 통치자인 퀴리니우스에 의해 시리아의 속국이 되었다. 티베리우스(재위 AD 14~37)는 해적을 두어 여러 가지 폭정을 했으면서도, 빌라도를 총독으로 삼아 유대를 다스리게 했다.

22) **저들 종종 성전을 모독하고** 여기서 사탄은 과장된 표현을 하고 있다. 그러나 폼페이우스는 예루살렘 성전을 범했다.

23) **안티오코스** 유대교를 박해한 시리아의 왕. 기원전 169년에 안티오코스 에피파네스는 예루살렘 성전의 성기(聖器)와 촛대를 훔쳐냈고, 건물에 도장한 금을 모조리 벗겨 팔았으며, 유대인으로 하여금 강제로 우상 신을 위해 성전을 짓게 하고는, 돼지와 부정한 짐승들을 제물로 드려 성전을 더럽혔다.

24) **마카베오** 안티오코스 에피파네스에 대한 민족적 대저항이 기원전 166년에 이름도 없는 모딘이라는 도시에서 일기 시작했는데, 그 중심인물은 레위 사람인 마카베오였다. 그는 군병을 일으켜 나라를 탈환한 일이 있다.

25) **광야로 물러갔으나** "유다 마카베오와 그의 동생 요나단은 요단강을 건너서 사흘 동안 광야를 진군하여 나바테야 사람 몇을 만났다 (…) 유다는 이 말을 듣고 갑자기 진격 방향을 바꿔 광야를 가로질러 보스라로 진군, 그 도시를 점령하였다"(「마카베오상」 5장 24~28절).

26) **제사장 집안** 레위 집안. 야곱의 열두 지족 중에서 레위 지족만이 제사장과 성가대의 대원이 될 수 있었다.

27) **아버지의… 열성이요** 「요한복음」 2장 17절, 「시편」 69편 9절 참조.

28) **영원한 통치** "다윗의 왕좌와 그의 나라에 군림하여 그 나라를 굳게 세우고 지금 이후로 영원히 정의와 공의로 그것을 보존하실 것이라. 만군의 여호와의 열심이 이를 이루시리라"(「이사야」 9장 7절).

29) **모든 것은… 제 때가 있는 법** "범사에 기한이 있고 천하 만사가 다 때가 있나니"(「전도서」 3장 1절).

30) **모든 시간과… 달려 있으니** "때와 시기는 아버지께서 자기의 권한에 두셨으니 너희가 알 바 아니요"(「사도행전」 1장 7절).

31) **가장 잘 참는… 큰일 하나니** 「마태복음」 20장 26~27절 참조.

32) **여름 하늘…서주시라** 「이사야」 25장 4~5절 참조.

33) **일 년에 한 번…묵는 것** "그의 부모가 해마다 유월절이 되면 예루살렘으로 가더니"(「누가복음」 2장 41절).

34) **나귀를…사람처럼** 「사무엘상」 9장 1절~10장 1절 참조.

35) **제왕의 기교** "천국의 비밀을 아는 것이 너희에게는 허락되었으나 그들에게는 아니 되었나니"(「마태복음」 13장 11절).

36) **높은 산** 「마태복음」 4장 8절에서는 "지극히 높은 산"이라 했고, 「누가복음」 4장 5절에서는 "이끌고 올라갈" 정도로 높은 곳으로 표현했다. 성경은 이 산이 어느 산인지를 말해주지 않지만, 대체로는 '40일산(쿼란타니아산)'을 지시하는 것으로 본다. 그러나 밀턴은 니파테산을 염두에 두고 이 말을 사용한 것 같다.

37) **두 줄기 강물** 티그리스강과 유프라테스강.

38) **불모의 사막** 메소포타미아의 남쪽 불모지.

39) **아라스강** 아르메니아 에르주룸 근처에서 흘러 카스피만으로 들어간다.

40) **아시리아와…아라비아사막까지도** 니파테산 위에서 예수와 사탄은 아시리아의 세력이 절정을 이루었던 때 즉 기원전 722~636년경의 아시리아제국을 나타내는 거대한 초승달 모양의 곶의 끝에 서 있다. 초승달 모양의 곶은 남동쪽으로 널리 뻗으면서 휘어져 아라비아사막의 남쪽으로 흐르는 큰 강 인더스에서 끝이 난다. 초승달 모양의 남쪽 볼록면은 유프라테스강의 가장자리를 따라서 뻗쳐 있고, 페르시아만과 아라비아사막의 북쪽 해안을 따라서 펼쳐진다. 그 오목한 부분은 아라스강에 의해 생겨난 것이다.

41) **니느웨** 함의 손자 니므롯(니누스)이 세운 성이요(「창세기」 10장 10절 참조), 아시리아제국의 수도였다. 그 주위가 삼 일 걸리는 거리이고 인구가 60만

이나 되는 큰 도시로, 당시에 상업이 번성하고 목축과 농업이 매우 발전해 백성들의 생활이 부유하고 문예가 발달했다. 여러 나라와 교류함에 따라 사치방탕하고 죄악이 넘쳐 하나님께서 기원전 800년에 선지자 요나를 보내어 40일 뒤면 멸망할 것을 경고하니, 온 백성이 죄를 뉘우치고 회개하여 천벌을 면했다(「요나」 3장 4~10절 참조). 그후 아시리아 왕 샬마네세르가 기원전 726년에 사마리아를 점령하고 북쪽의 10부족을 사로잡아 갔다. 기원전 606년에 바빌론에게 완전히 멸망당했다.

42) **샬마네세르** 아시리아 왕 샬마네세르 3세를 가리킨다. 탐욕스러울 정도로 군사적 팽창정책을 추구했다. 남부와 동부 지역으로도 원정했지만 주로 시리아 북부를 점령하는 데 노력을 집중했다. 기원전 841년에 그는 하자엘을 물리쳤으나, 다마스쿠스는 장악하지 못하고, 지중해변으로 진로를 돌려 티루스·시돈·사마리아로부터 공물을 받았다. 사마리아로부터 항복을 받는 장면은 '검은 오벨리스크'(님루드에서 발견된 것으로 지금은 영국박물관에 있음)에서 '오므리의 아들 예후'가 샬마네세르 3세 앞에서 절을 하는 모습으로 묘사되었다. 기원전 832년에는 실리시아를 침략하고 타르수스를 함락시켜 이 일대를 아시리아에 복속시켰다.

43) **이스라엘** 하나는 사울·다윗·솔로몬 왕의 통치기간(1020~922 BC)중의 이스라엘 통일왕국이고, 다른 하나는 북쪽에 살던 유다와 베냐민 지파를 제외한 10부족의 영토를 포함한 북이스라엘 왕국으로서 기원전 922년 여로보암 1세가 주도한 반란에 의해 수립되었다. 다윗 왕조가 지배한 남왕국은 이후 유다왕국으로 지칭되었다. 북이스라엘 왕국의 역사는 오므리왕(876~869 BC 또는 884경~872경 BC 재위)과 아합왕(876경~853경 BC 재위), 예후 왕조(842경~746 BC) 시기에만 평화로웠을 뿐 전체적으로 불안정했다. 기원전 8세기에 북왕국은 사마리아와 함께 신(新)아시리아제국에 의해 수도를 함락당했고, 기원전 722 또는 721년에 멸망했다.

44) **바빌론** 메소포타미아 유프라테스 강변에 있는 거대한 아시리아의 도시. 길이가 600킬로미터, 너비가 150킬로미터나 되는 대평원에 세워진 도시로 그 창건자는 함의 손자 니므롯이라 한다(「창세기」 10장 10절, 11장 2절 참조). 기원

전 7세기까지는 갈대아국의 영속이었고, 그후에는 아시리아와 아라비아에 전속되었으나, 나포나살왕 때에 독립해 느부갓네살왕 때는 판도가 광대해지고 국력이 강성해졌다. 그 힘을 믿고 느부갓네살왕은 유대국을 쳐서 멸한 후, 그 백성을 사로잡아다가 심한 학대를 가했다(「열왕기하」 25장 8~12절 참조). 그의 아들 벨사살왕 때는 더욱 국방이 견고하고 군대가 강성해졌다. 그리하여 부화방탕하고 사치음일하더니 기원전 538년에 페르시아 왕 키루스(고레스)가 대군을 이끌고 들어와 바빌론을 점령하고 이스라엘 포로들을 석방했다(「에스라」 1장 1~3절 참조).

45) **그가** 느부갓네살왕. 기원전 605~562년까지 다스림. 그사이 두 번이나 예루살렘을 점령하여 왕들과 무사들을 사로잡아 갔고 또 성전의 성기들을 다수 취해 갔다.

46) **예루살렘** 기원전 1800년부터 사람들이 거주했으며, 3대 일신교인 유대교·그리스도교·이슬람교의 주요 성지 가운데 하나다. 예루살렘은 사해에서 서쪽으로 약 24킬로미터, 지중해 안에서 동쪽으로 약 56킬로미터 떨어진 이스라엘 중심부에 위치하며 지중해 연안 평야와 요단강에서 이어지는 그레이트리프트밸리(세계 최대의 지구대) 사이에 자리잡고 있다. 기후는 아열대·반건조의 혼합형 기후로 여름은 온난건조하고 겨울은 냉량습윤하다.

47) **키루스** 페르시아 왕. 기원전 538년에 바빌론을 점령하고 이스라엘 포로들을 해방하였다.

48) **페르세폴리스** 고대 페르시아의 수도.

49) **박트라** 고대 박트리아왕국의 수도.

50) **엑바타나** 니느웨에서 약 400킬로미터 떨어진 옛 메디아의 수도. 현재 이름은 하마단. 페르시아의 여러 별궁들이 있다.

51) **헤카톰필로스** '백 개의 문이 달린'이라는 뜻. 고대 파르티아제국의 한 도시

라고 하나 그 위치는 분명치 않다.

52) **수사** 코아스페스강변에 있는 페르시아의 도시. 엘람의 옛 수도였고 페르시아 왕들의 겨울 별궁이기도 했다. 헤로도토스의 『역사』에 의하면 키루스가 진군했을 때, 그는 음료수로 코아스페스강물을 떠다가 노새가 끄는 사륜차로 자기 진영까지 운반했다고 한다.

53) **에마티아** 마케도니아 사람.

54) **파르티아** 현재 이란의 호라산 지역과 대략 일치하는 고대 지역. 이 용어는 때때로 파르티아제국(BC 247~AD 224)을 지칭할 때도 사용된다. 이 명칭은 아케메네스 왕 다리우스 1세의 비시툰 비문(BC 520경)에 파르타바(Parthava)라는 말로 처음 언급되어 있지만 파르타바는 단지 파르사(Parsa: 페르시아)라는 이름의 방언일 것이다.

55) **대 셀레우키아** 알렉산드로스대왕이 죽은 후 그의 명장이었던 셀레우코스가 세운 도시로 바그다드 근처에 있다. 같은 이름의 도시와 구별하기 위하여 '대 셀레우키아'라 했다.

56) **니시비스** 니파테에서 동남쪽으로 약 600킬로미터 떨어져 있는 티그리스강변의 도시.

57) **아르탁사타** 아라스강변에 있는 고대 아르메니아의 도시.

58) **테레돈** 티그리스와 유프라테스가 합류하는 곳에 세워진 도시.

59) **크테시폰** 셀레우키아의 반대쪽, 티그리스의 동쪽 강변에 있는 도시. 한때는 파르티아의 수도이기도 했다.

60) **이들은 모두…의함이라** 기원전 250년경 아르사케스대왕은 시리아 왕 안티오코스 2세를 무찔러 그 나라를 빼앗았다.

61) **스키타이인** 기원전 8~7세기에 중앙아시아에서 러시아 남부 지방으로 이주한 유목 민족.

62) **소그디아나** 페르시아 북서쪽에 있는 고대국가.

63) **아라코시아** 고대 파르티아제국의 속주로, 현재의 아프가니스탄 남동부와 파키스탄과 인도 일부를 포함하는 지역.

64) **칸다오르** 아프가니스탄의 칸다하르(Kandahar)주.

65) **마르기아나** 아케메네스제국의 총독령으로, 지금의 이란 코라산 지역.

66) **캅카스 지방** 유럽권 러시아 남서부 끝에 있는 산계(山界)와 지역. 서쪽으로는 흑해와 아조프해, 동쪽으로는 카스피해와 접한다. 전통적으로 캅카스 산계는 유럽과 아시아를 구분짓는 경계선의 일부를 이루었으나, 지금은 일반적으로 전체 산계가 아시아에 속하는 것으로 받아들여지고 있다.

67) **히르카니아** 이란 북부 카스피해 남쪽 지역.

68) **아트로파티아** 아라스강 남쪽의 메디아 지방.

69) **아디아베네** 파르티아제국의 속국이었던 왕국으로, 현재 메소포타미아 북부 지역.

70) **메디아** 이란 북서부에 있던 고대국가. 대체로 지금의 케르만샤 일부와 아제르바이잔, 쿠르디스탄 지방에 해당한다. 아시리아 샬마네세르 3세(858~824 BC)의 문헌에는 '마다' 지역 사람들이라는 기록이 있다. 바로 이들이 뒤에 메디아인으로 알려졌다.

71) **수시아나** 이란 고대국가인 엘람의 다른 이름. 지금의 후제스탄 지역과 대체로 일치하는 이란 남서 지역, 페르시아만 근처.

72) **발사라** 현재 이라크 남동부의 큰 항구도시인 바스라.

73) **샤를마뉴** 샤를마뉴대제(742~814). 샤를 1세, 카를 1세라고도 한다. 스페인의 아스투리아스왕국과 이탈리아 남부 및 브리튼제도를 제외한 서유럽의 모든 그리스도교 지역을 사실상 하나의 초강대국으로 통일시켰으며, 그가 건설한 '제국'은 그보다 한 세대쯤 뒤에 소멸했지만 프랑스와 독일 중세 왕국들의 본질적인 전통은 모두 샤를마뉴의 군주제도에서 시작되었다. 이에 그를 '유럽의 아버지'라고도 한다.

74) **옛이야기에 … 그러했다(337~343행)** 보이아르도(Boiardo)의 『사랑의 오를란도』 제1권의 주제를 이루는 이야기. 달단의 왕 아그리칸이 북인도의 갈라프로네왕의 도읍지인 알브라카를 포위하여 그가 사랑했던 갈라프로네의 딸 안젤리카를 손에 넣으려고 한 이야기.

75) **사마리아 사람이든 유대인이든** 사마리아 지방의 사람들은 이민족과 잡혼을 했으므로, 유대인들은 그들을 순수한 유대인으로 보지 않고 다른 민족처럼 생각하여 서로 거래하기를 꺼렸다(「요한복음」 4장 9절 참조).

76) **로마** 여러 왕국과 공화국의 수도였으며 정치적, 군사적으로 고대 서구사회를 지배했던 로마제국의 수도. 로마가톨릭교회의 정신적·물질적 중심지로서 영원히 지워지지 않을 발자취를 남겼으며, 인류의 예술 및 지성사에 커다란 금자탑을 쌓아올린 도시다. 현재 이탈리아공화국의 수도인 로마는 천 년 이상 유럽의 모든 문명에 결정적인 영향을 미쳤다.

77) **그대의 조국 … 때문이니라** 사탄의 말은 부정확하다. 파르티아 사람들은 유대를 침략할 때 히르카누스 2세의 야심만만한 조카 안티고누스와 동맹을 맺고, 70세의 히르카누스 2세와 헤롯의 형 파사에루스를 포로로 잡아다가, 후자는 죽이고 전자는 귀를 잘라 제사장직을 박탈했다. 3년을 다스린 후 안티고누스는 헤롯에게 패해 마침내 사형당하고 말았다.

78) **열 지족** 12지파 중 유다와 베냐민 지파를 제외한 10부족, 즉 르우벤, 시므

온, 레위, 잇사갈, 스불론, 단, 납달리, 갓, 아셉, 요셉 지족을 일컫는다.

79) **하볼** 유프라테스강의 지류. 호세아왕 때 아시리아 왕이 이스라엘 포로들을 하볼과 메대 지방으로 이주시켰다.「열왕기하」17장 6절 참조.

80) **메대** 아시아의 자그로스산맥의 동쪽, 카스피해의 남쪽, 바사의 서쪽, 엘람의 북쪽에 있는 산악지역으로 현재 이란의 고원지대를 가리킨다. 고대 유럽 민족으로서 기원전 7세기에 페르시아에 흡수되었다.

81) **요셉의 두 아들** 에브라임과 므낫세.

82) **이집트로부터 유프라테스** 하나님은 아브라함과 그 자손에게 나일강에서부터 유프라테스강에 이르는 땅을 주겠다고 약속했다(「창세기」15장 18절 참조). 또「열왕기상」4장 21절을 보면 솔로몬왕은 유프라테스부터 블레셋 땅과 이집트의 경계까지를 다스렸다.

83) **세속의 … 무기** "그와 함께하는 자는 육신의 팔이요 우리와 함께하시는 이는 우리의 하나님 여호와시라. 반드시 우리를 도우시고 우리를 대신하여 싸우시리라 하매 백성이 유다 왕 히스기야의 말로 말미암아 안심하니라"(「역대기하」32장 8절).

84) **나의 때는 … 아직 오지 않았도다** "내 때는 아직 이르지 아니하였거니와 너희 때는 늘 준비되어 있느니라"(「요한복음」7장 6절).

85) **다윗으로 하여금 … 않았더냐** 「역대기상」21장 1~14절 참조.

86) **송아지를** 적국으로 끌려간 이스라엘인들은 이집트인들이 섬기는 송아지신을 비롯한 어마어마하게 많은 우상들을 만들어 섬겼고, 가나안의 신들의 대표격인 바알과 아스다롯, 그리고 이방인들의 수많은 우상도 섬겼다. 바알은 수리아와 가나안의 유명한 생산신(生産神)으로서 그 지방에 풍년을 가져다주는 남근(男根) 신으로 생각하였다. 아스다롯은 동물과 식물에 생명을 주는 자이며,

그러므로 풍요, 다산, 사랑 또는 쾌락(그 제사는 때로는 성의 해방이라는 매우 부도덕한 요소가 포함되어 있다)의 여신이다. 바알과 아스다롯을 섬기는 자들은 그 앞에서 성행위하는 것을 제례로 생각하였다.

87) **그들은 스스로 … 숭배했으며** 여로보암은 유대 지파와 베냐민 지파로부터 북쪽 열 지파를 갈라내어 사마리아왕국을 이룬 후, 이집트인들이 섬기는 두 송아지를 본떠 벧엘과 단에 금송아지를 만들어 세우고 백성들에게 이르기를 "이스라엘아 이는 너희를 애굽 땅에서 인도하여 올린 너희의 신들이라"고 했다(「열왕기상」 12장 28절 참조). 아합은 바알을 위해 제단을 세우고 시돈 왕 에드바알의 딸 이세벨과 결혼했다(「열왕기상」 16장 31~32절 참조).

88) **더 나쁜 행동** "바알에게 번제로 불살라 드렸나니 이는 내가 명령하거나 말하거나 뜻한 바가 아니니라"(「예레미야」 19장 5절).

89) **형식적인 할례** "네가 율법을 행하면 할례가 유익하나 만일 율법을 범하면 네 할례는 무할례가 되느니라"(「로마서」 2장 25절).

90) **이방인** 유대 이외의 다른 나라 사람을 가리키며 할례를 받지 아니한 자를 가리킨다. 현재는 믿지 아니하는 불신자를 가리킨다.

91) **벧엘과 단** 벧엘은 예루살렘 북편 세겜 쪽으로 19킬로미터, 실로 남방 29킬로미터, 아이 서편 3킬로미터 지점의 동산이 있어 동네에 좋은 물을 공급하여 옛날에는 마을 남쪽에 꼭대기에 서 있는 오늘의 베이틴 동네다. 우물 넷이 반석을 파고 만든 저수지까지 있었다. 이곳에 북이스라엘은 성소를 두었다. 단은 북이스라엘의 가장 북쪽 조그만 지역이다. 그것은 종교적으로 상당히 상징적인 의미가 있는 지역인데 동시대의 종교적 중심지는 단과 벧엘로 함축된다. 이곳에도 북이스라엘의 성소가 있었다. 단은 삼손으로 인해 더욱 유명해진 지역이다.

92) **아니로다 … 섬기게 하라** "너희가 여호와를 버리고 너희 땅에서 이방 신들을 섬겼은즉 이와 같이 너희 것이 아닌 땅에서 이방인들을 섬기리라 하라"(「예레

미야」 5장 19절).

93) **아브라함** 『구약성경』 창세기에 따르면 아브라함은 자기를 통해 미지의 땅에 새 민족을 세우겠다는 하나님의 부름을 받고 메소포타미아(갈대아) 우르를 떠나 하란을 거쳐 미지의 땅인 가나안에 도착했다고 한다. 그는 하나님의 명령에 의심 없이 순종했으며, 하나님에게 그의 후손이 그 땅을 차지하게 되리라는 약속과 계약을 거듭해서 받았다. 그는 100세에 얻은 아들을 하나님께 드리는 절대적 순종을 통하여 믿음의 아버지가 된 인물이다.

94) **전에 홍해와…갈라놓으셨듯이** 「출애굽기」 14장 21~22절, 「여호수아」 3장 14~17절 참조.

95) **아시리아 강물** 유프라테스강. 「이사야」 11장 15~16절 참조.

96) **이스라엘의 참된 왕** 예수를 지칭한다.

제4편

1) **또는 포도주…달려들듯이** 호메로스는 『일리아스』에서 사르페돈의 시체 주위에 모여든 무사들을 우유통 둘레에 꾀어드는 파리떼에 비유한 일이 있고, 아리오스토는 『광란의 오를란도』(14:109)에서 그리스도교인들을 공격하는 이슬람교도들을 젖 짜는 통이나 먹다 남은 밥사발에 떠 있는 파리떼에 비유한 일이 있는데, 밀턴은 예수에게 거듭거듭 퇴박을 맞으면서도 달려드는 사탄을 포도주 짜는 압착기에 꾀어드는 파리떼에 비유했다.

2) **또다른 평야** 중앙 이탈리아에 있는 라티움평야.

3) **강** 티베르강(오늘날의 테베레강)인 듯하다.

4) **왕도** 로마시.

5) **타르페이아 바위** 카피톨리노 언덕에 있는 가파른 절벽. 이 너머로 죄인들을 내던져 죽였다고 한다.

6) **팔라티네산** 로마의 한복판에 있는 산으로, 그 둘레에는 황제의 궁전들이 즐비하게 늘어서 있다.

7) **노대와 첨탑들** 사실상 로마에는 노대와 첨탑 같은 것은 없었다. 여기서 노대와 첨탑들이 보인다고 한 것은 밀턴이 실명 전에 영국의 윈저성 같은 데서 보았던 것을 연상적으로 떠올렸던 것이 아닌가 한다.

8) **집정관들** 로마에서 집무기간을 마치고 나서 지방 행정을 담당했던 로마의 지방 행정관들.

9) **관리들** 릭토르(lictor). 로마의 고관들을 받들고 장관의 앞장을 서서 죄인을 포박 또는 처벌하던 관리들이다.

10) **군단** 소수의 기병을 포함하여 3천~6천의 병력으로 이루어진 보병대.

11) **보병대** 군단의 10분의 1로서 3백~6백 명.

12) **기병대** 익부대의 10분의 1로서 30~32명으로 구성되었다.

13) **익부대** 보병대의 측면에서 싸웠던 로마의 기병대.

14) **아피아대로** 고대 로마의 가장 중요한 도로로, 로마에서부터 브린디시(Brindisi)까지 이르는 대로.

15) **아이밀리아대로** 로마에서 아드리아해안 어귀에 있는 아퀼레이아(Aquileia)로 통하는 길.

16) **시에네** 지금의 아스완 남쪽 이집트의 경계가 되는 소도시. 나일강 상류로

로마의 전초지이기도 한다.

17) **메로에** 나일강 위에 있는 섬.

18) **보쿠스왕의 영토** 모리타니. 보쿠스는 모리타니의 왕.

19) **블랙무어 바다** 모리타니와 인접해 있는 지중해의 일부분.

20) **황금의 케르소네스** 말레이반도. 황금의 산지.

21) **타프로바네** 수마트라를 가리킨다.

22) **터번** 이슬람교도가 머리에 감는 두건.

23) **갈리아** 지금의 프랑스.

24) **가데스** 현재의 카디스. 카디스는 스페인 남서부 안달루시아 지방 카디스주의 주도다.

25) **스키티아인** 카스피해의 북동쪽에 살았던 야만인들.

26) **사르마티아인** 기원전 6~4세기에 중앙아시아에서 우랄산맥 지역으로 이주한 이란 계통의 민족. 스키타이인처럼 이들도 뛰어난 기마민족이었다.

27) **이 황제** 티베리우스. 그는 기원후 26년에 정권에서 물러났고, 그 이듬해 카프리섬(라틴어로는 카프레아섬)으로 가서 죽을 때까지 살았다.

28) **사악한 총신** 세야누스. 티베리우스는 재상인 세야누스에게 모든 공직을 맡겨 다스리게 했으나, 점차 그를 의심하게 되어 마침내 원로원에 고발해서 기원후 31년에 처형했다.

29) **힘도 내게… 삼으라** "이 모든 권위와 그 영광을 내가 네게 주리라. 이것은 내게 넘겨준 것이므로 내가 원하는 자에게 주노라"(「누가복음」 4장 6절).

30) **불수감의 상** 아프리카산 불수감나무는 테이블을 만드는 데 사용되었으므로 부유한 로마인들은 그것을 매우 귀하게 여겼다.

31) **세티아** 로마에서 남쪽으로 90킬로미터 떨어진 지방. 현재의 세체(Sezze). 포도주의 생산지.

32) **칼레스, 팔레르네** 베수비오산 근처 캄파니아에 있는 포도의 산지.

33) **키오스** 이오니아해안에서 좀 떨어져 있는 섬으로 역시 포도주의 산지.

34) **그러나 그렇게도… 되겠는가** 밀턴은 왕정복고가 성공하여 찰스 2세가 즉위하자 외국에서 많은 사절들이 찾아와 축하하며 아첨의 말을 늘어놓는 것이 내심 부질없고 괴로운 것으로 생각되었던 모양이다.

35) **황제** 티베리우스.

36) **정복한 나라들을… 고갈시켰도다** 로마 국민의 타락상을, 특히 정치가나 교회 지도자들의 타락상을 풍유하고 있다.

37) **마치 나무와도… 부수리니** 그리스도는 자기 자신이 「다니엘」 4장 10~12절과 2장 31~35절에 나오는 두 환상을 성취할 것으로 본다.

38) **나의 왕국은 끝이 없으리라** "영원히 야곱의 집을 왕으로 다스리실 것이며 그 나라가 무궁하리라"(「누가복음」 1장 33절).

39) **그대가 땅에… 인정하라는 것** "이르되 만일 내게 엎드려 경배하면 이 모든 것을 네게 주리라"(「마태복음」 4장 9절).

40) **십계명…했도다** “예수께서 대답하여 이르시되 기록된 바 주 너의 하나님께 경배하고 다만 그를 섬기라 하였느니라”(「누가복음」 4장 8절).

41) **모든 왕의 왕** “그들이 어린 양과 더불어 싸우려니와 어린 양은 만주의 주시요 만왕의 왕이시므로 그들을 이기실 터이요 또 그와 함께 있는 자들 곧 부르심을 받고 택하심을 받은 진실한 자들도 이기리로다”(「요한계시록」 17장 14절).

42) **천사도 사람도…아들이지만** “무릇 하나님의 영으로 인도함을 받는 사람은 곧 하나님의 아들이라”(「로마서」 8장 14절).

43) **이 세상과 지하의 신** “그중에 이 세상 신이 믿지 아니하는 자들의 마음을 혼미하게 하여 그리스도의 영광의 복음의 광채가 비치지 못하게 함이니 그리스도는 하나님의 형상이니라”(「고린도후서」 4장 4절).

44) **모세의 자리** 학자들이 앉아서 율법을 해설하는 자리. “서기관들과 바리새인들이 모세의 자리에 앉았으니”(「마태복음」 23장 2절).

45) **모세 오경** 구약성경의 맨 처음 다섯 책, 즉 「창세기」 「출애굽기」 「레위기」 「민수기」 「신명기」를 말한다.

46) **아카데메이아** 플라톤의 아카데메이아는 아테네에서 서북쪽으로 1.5킬로미터가량 떨어진 감람나무 숲속에 있었다. 플라톤은 거기서 학생들과 함께 거닐며 그의 철학을 폈다.

47) **나이팅게일** 아카데메이아 근처에는 소포클레스가 『콜로노스의 오이디푸스』에서 찬사를 아끼지 않은 콜로노스가 있는데, 이곳은 나이팅게일이 곧잘 모이는 곳이다.

48) **히메토스** 아테네 동남쪽에 있는 능선. 백리향이 뒤덮인 산비탈은 벌꿀로 유명하다.

49) **일리소스** 히메토스 산비탈에서 발원하여 아테네의 남쪽으로 흘러가는 작은 강.

50) **그 사람** 알렉산드로스대왕의 스승이었던 아리스토텔레스.

51) **리케이온** 원래는 아폴론 리케이오스의 성소로, 아테네의 동쪽에 있는 공원이었다. 아리스토텔레스와 그의 제자들이 그 길을 따라 걸으며 가르치고 배웠다 하여 아리스토텔레스 학파를 소요학파라 했다. 그러나 성안에 있다는 말은 잘못된 것이다.

52) **채색한 주랑** 스토아학파의 창시자 제논이 강연한 장소. '채색한 주랑'은 그리스어로 '스토아 포이킬레'라고 하는데, 여기서 '스토아'학파라는 이름이 나왔다.

53) **아이올리아의 노래** 아이올리아 지방의 노래로 격조가 높은 것이 특색인데, 사포의 시 등이 이에 속한다.

54) **도리아의 서정시** 핀다로스의 노래 등이 이에 속한다.

55) **멜레시게네스** 호메로스. 그리스나 라틴의 시인들은 이런 이름으로 호메로스를 부른 일이 없는 것으로 보아, 밀턴이 만들어낸 이름이다. 단 호메로스가 이오니아에 있는 멜레스강 근처에서 태어났다는 전설을 참고한 것 같다.

56) **포이보스** 아폴론. 아폴론이 호메로스의 시를 시샘했다는 전승을 인유한 것이다.

57) **엄숙한 비극작가들** 아이스킬로스, 소포클레스, 에우리피데스 등.

58) **옛 웅변가들** 페리클레스나 데모스테네스 같은 대웅변가들.

59) **병기고를 흔들었으며** 그들의 웅변이 병기고를 움직였다는 것은 전 국민에

게 전투정신을 고취했다는 뜻이다.

60) **아르타크세르크세스** 고대 페르시아 아케메네스왕조의 왕(465~425 BC 재위). 별명은 그리스어로 마크로케이르('긴 손')였고, 라틴어로는 롱기마누스였다. 그는 크세르크세스 1세와 아메스트리스의 둘째아들로 태어났지만, 크세르크세스를 죽인 근위대장 아르타바누스의 추대로 왕위에 올랐다. 몇 개월 뒤 아르타크세르크세스는 아르타바누스와 육박전을 벌여 그를 죽였다. 그의 통치 기간은 대체로 평화로웠지만, 몇 차례의 반란이 있었다.

61) **벼락 쳤도다** 아리스토파네스가 "그(페리클레스)는 헬라스를 벼락 치고 번개 치고 혼란시켰다"고 한 말을 상기시킨다.

62) **성현의 철학** 소크라테스의 철학.

63) **셋집** 키케로는 소크라테스의 철학이 하늘에서 내려진 것이라 보았고, 아리스토파네스는 이 철인의 집을 '한 작은 집'이라 했다. 여기서 암시를 얻어 밀턴은 셋집이라는 말을 사용한 것 같다.

64) **아카데메이아의 모든 학파** 플라톤에서 나온 여러 학파.

65) **소요학파** 아리스토텔레스 학파.

66) **원천에서 빛을 받는** "온갖 좋은 은사와 온전한 선물이 다 위로부터 빛들의 아버지께로부터 내려오나니 그는 변함도 없으시고 회전하는 그림자도 없으시니라"(「야고보서」 1장 17절).

67) **가장 지혜로운 그이** 소크라테스.

68) **그다음 사람** 플라톤.

69) **셋째** 회의파의 시조 피론.

70) **삶과 죽음을 업신여기고** 스토아학파는 자살을 삶의 극치로 보았다.

71) **영혼에…왜곡되어** 피타고라스가 영혼의 윤회설을 주장한 이후 그리스 철학자들은 영혼에 관하여 많은 말을 했다. 그러나 밀턴이 볼 때 모두 왜곡된 의견들이라는 것이다.

72) **많은 책** "많은 책들을 짓는 것은 끝이 없고 많이 공부하는 것은 몸을 피곤하게 하느니라"(「전도서」 12장 12절).

73) **모국어** 히브리말.

74) **바빌론에서…즐겁게 했으니** 「시편」 137편 1~3절 참조.

75) **때가 가득차고** "때가 차매 하나님이 그 아들을 보내사 여자에게서 나게 하시고 율법 아래에 나게 하신 것은"(「갈라디아서」 4장 4절).

76) **양 회귀선** '북쪽에서 남쪽까지'라는 뜻.

77) **하늘의 양극** 동쪽 하늘과 서쪽 하늘.

78) **바윗굴 속의 바람** 신화에 따르면 바람은 큰 바윗굴 속에 감금되어 있다가 가끔 풀려나와 불어댄다고 한다.

79) **세계의 네 귀퉁이** "하늘의 네 바람이 큰 바다로 몰려 불더니"(「다니엘」 7장 2절).

80) **낯익은 모습** 변장하지 않은 사탄의 원래 모습.

81) **하늘을 받친 기둥** "그가 꾸짖으신즉 하늘 기둥이 흔들리며 놀라느니라"(「욥기」 26장 11절).

82) **처녀의 태생이여** 예수의 신성을 믿어서가 아니라 조롱하기 위해서 하는 말이다.

83) **히포그리프** 말의 몸, 독수리의 머리와 날개를 가진 상상 속의 동물.

84) **성전** 솔로몬의 성전 터에다 헤롯 대왕이 세운 것을 가리킨다.

85) **아버지의 집** 「누가복음」 2장 49절 참조.

86) **그분은… 함이로다** 「누가복음」 4장 10~11절 참조.

87) **주님이신… 시험하지 말라** 「누가복음」 4장 12절 참조.

88) **안타이오스** 대지신 가이아의 아들. 자기 땅을 지나가는 모든 사람과 싸움을 했는데, 그는 어머니인 땅에 닿을 때마다 새로운 힘을 얻었기 때문에 아무리 땅에 내동댕이쳐져도 지치지 않았다. 이 사실을 안 헤라클레스는 그와 싸울 때 그를 땅에서 들어올려 죽였다.

89) **알케이데스** 헤라클레스. 헤라클레스가 안타이오스를 거듭 물리쳐 끝내 승리한 것과 예수가 사탄을 거듭 논박하여 승리한 것의 유사성에서, 헤라클레스는 그리스도의 모형(prototype)이라고 얘기된다.

90) **테베의 괴물** 스핑크스. 처음에는 네 발로 걷고, 다음에는 두 발, 마지막엔 세 발로 걷는 것이 무엇이냐는 수수께끼를 오이디푸스가 풀었을 때 그는 테베의 아크로폴리스에서 이스메노스강물로 몸을 던졌다.

91) **아버지의 참다운 모습** 「히브리서」 1장 3절 참조.

92) **낙원의 도둑** 사탄.

93) **그의 함정은… 때문이로다** 「시편」 124편 7절 참조.

94) **지옥의 뱀** 사탄.「요한계시록」20장 2절 참조.

95) **하늘에서 떨어지리라** "사탄이 하늘로부터 번개같이 떨어지는 것을 내가 보았노라"(「누가복음」10장 18절).

96) **상처의 고통** "또 그들을 미혹하는 마귀가 불과 유황 못에 던져지니 거기는 그 짐승과 거짓 선지자도 있어 세세토록 밤낮 괴로움을 받으리라"(요한계시록 20장 10절).

97) **돼지 무리 가운데 숨겨달라고** 「마태복음」8장 31~32절 참조.

98) **두 세계** 하늘과 땅.

사탄의 유혹과 낙원의 회복

셰익스피어의 뒤를 잇는 위대한 시인

패터슨의 말대로, 밀턴은 예술에서 위대하기 전에 인생에서 위대했다.* 그렇기에 시인으로서의 밀턴이 남긴 여러 작품들의 예술성에 앞서 인간 밀턴이 어떤 인생 노정을 밟았는가에 더 흥미를 갖게 되는 경우가 많다. 이러한 일반적 관심을 다소라도 풀어보는 뜻에서, 그의 생애를 간추려 소개해볼까 한다.

존 밀턴은 런던의 세인트폴성당 근처 브레드가에서 1608년 12월 9일에 태어났다. 이 무렵 세인트폴성당과 시장 관저 사이에서 셰익스

* F. A. Patterson, *Student's Milton*, F. A. Crofts & Co., 1947.

피어, 벤 존슨, 월터 롤리, 보몬트, 플레처 등, 당시 문단의 빛나는 별 같은 존재들이 미주를 마시며 그들의 기지를 마음껏 즐겼다고 한다. 어릴 때 밀턴은 이런 문인들의 모습을 보고 자라며 깊은 인상을 받았을 것이다.

밀턴의 할아버지는 옥스퍼드 부근에 살던 로마가톨릭 신자였지만, 그의 아버지는 프로테스탄트로 전향한 후 런던으로 나와 법률 공증인이 되어 비교적 부유한 생활을 했다. 또한 아버지는 문학과 음악에 조예가 깊은 교양인이었고, 어머니는 본시 웨일스 출신으로 재덕을 겸비한 여인이었다. 이처럼 밀턴의 가문은 종교적이었을 뿐 아니라 음악적이었다. 그는 어릴 때부터 오르간 연주와 노래를 공부했고, 후일 다른 사람들에게 노래를 가르치기도 했다. 더구나 그의 시에 음악적 연상이 많은 것으로 보아 우리가 상식적으로 생각하는 것보다는 훨씬 많은 음악적인 지식을 갖고 있었던 것 같다.

그의 개인지도를 맡았던 유명한 신학자 토머스 영과 그의 아버지는 어릴 때부터 그에게 문학적 열정을 불어넣어주었다. 이러한 영향 밑에서 그는 학문과 문학에 남다른 열정을 쏟았고, 그 자신의 고백 그대로 독서에 열중한 나머지 자정 전에 자본 일이 없었다. 주로 이런 지적인 탐욕이 어릴 때부터 그의 시력을 약화시키는 원인이 되었다.

토머스 영이 대륙으로 떠나자 그의 아버지는 그를 세인트폴학교로 보냈다. 이곳은 그의 신앙심과 문학적 감각을 더하는 데 가장 적합한 곳이었다. 여기서 밀턴은 소년 예수를 모방하는 생활을 하며 밤늦게까지 독서하고, 주로 라틴어와 헬라어를 배웠다.

찰스 1세가 즉위한 1625년, 17세가 된 밀턴은 케임브리지대학교의

크라이스트 칼리지에 입학했다. 케임브리지로 진학한 것은 옥스퍼드가 보수적이고 다분히 왕당파적 색채가 짙은 데 비해, 케임브리지는 진보적이고 청교도적인 분위기였다는 데 기인한다. 대학 재학시 그는 용모가 단정수려하고 소행이 순박하여 '크라이스트 칼리지의 숙녀'로 불렸다. 그러나 그는 열심히 공부만 하는, 착하고 단정하지만 기백도 없고 기질도 허약한 그런 학생만은 아니었다. 그는 지도교사와 의견 대립으로 충돌하기도 했고, 구태의연한 중세기적인 대학제도에 반항하다가 한 학기 동안 정학처분을 받은 일까지 있었다. 이런 일련의 사건들 속에서 이미 자유투사 밀턴의 모습을 찾아볼 수 있다.

현존하는 그의 작품 중 최초의 것은 16세 때 「시편」 114편과 136편을 운문시로 옮긴 것이지만, 케임브리지 재학시 그는 영어와 라틴어로 여러 편의 시를 썼다. 그중에서도 1629년 졸업반 때 쓴 시 「그리스도 탄생하신 날 아침에」를 주목할 만하다. 이 시에는 스펜서나 플레처 형제에게 받은 영향이 나타나 있을 뿐 아니라, 20대 청년에게서는 좀처럼 발견할 수 없는 기교와 재질이 나타나 있다. 특히 1630년에 쓴 시 「셰익스피어에 부쳐」가 1632년에 출판된 『셰익스피어』 권두에 게재됐다는 것만 봐도 그의 시재가 당시 식자들의 인정을 받았다는 것을 알 수 있다.

그는 평생을 성직자로서 종교계에 헌신하기로 마음먹었으나, 당시 타락한 교회에 불만을 느끼기 시작하면서 점차 문학으로 위대한 명성을 남기기로 결심했다. 이런 결심이 굳어졌기에 그는 케임브리지에서 석사학위를 받자, 곧 부친이 은퇴하고 머물던 호튼으로 와 약 5년 동안 고전을 연구하며 창작에 열중했다. 초기 걸작으로서 오늘날까지 널리

읽히고 있는 주요한 작품들, 「랄레그로」「일 펜세로소」「코머스」 등이 모두 이 무렵에 쓰였다.

「코머스」 이후 약 3년 동안 자중하며 붓을 들지 않고 있을 때, 1637년 8월에 대학 시절의 친우요, 장래가 촉망되던 시인이자 학자인 에드워드 킹이 아일랜드 해협에서 익사한 사건이 일어났다. 그의 죽음을 애도하는 시선집을 발간한다는 소식을 듣고 밀턴은 이에 목가적인 애가 「리시다스」를 썼다. 밀턴은 친구의 죽음 속에서 자기 자신의 죽음을 보고 인생의 허무를 체험했던 것이다.

호튼에서의 비교적 한가한 생활을 끝마치고, 이탈리아 여행길에 오른 것은 1638년 4월이었다. 밀턴은 이 여행에서 만소 후작과 실명한 노천문학자 갈릴레오 갈릴레이를 만났다. 거기에서 다시 그리스 여행을 떠나려 했을 때 국내에서 제1차 주교전쟁인 내란이 일어났다는 소식을 전해들었다. 결국 밀턴은 그리스 여행을 중단하고, 외유 1년 3개월 만인 1639년 7월 말경에 귀국했다. 그러나 그때는 이미 내란이 평정되어, 그는 런던에 사숙을 열고 조카들을 가르치며 조용히 정세를 관망했다.

그러나 1640년에 제2차 주교전쟁이 터져 결국 영국은 스코틀랜드와의 전투에서 대패했다. 장기의회가 소집되고, 그의 옛 은사였던 토머스 영이 국교회와 싸우게 되자, 이에 자극받은 밀턴은 귀국한 지 2년 만에 논단에서 자유를 절규, 논쟁과 정쟁의 와중에 몸을 던지게 되었다. 이 당시에 그는 종교적 자유, 가정적 자유, 정치적 자유를 제창하는 수편의 산문을 썼다. 그중에서 가장 유명한 것이 언론출판의 자유를 주창한 글 『아레오파지티카』다.

1645년 6월 이후 전세는 급전하여 왕당파가 패배하니, 잔존의회는 1649년 형식적인 재판을 거쳐 찰스 1세를 폭군·살인자·국가의 적이라는 명목 아래 사형에 처했다. 드디어 영국은 공화국임을 선포하게 되었고, 1660년의 왕정복고까지 11년간 영국을 지배하게 된다. 왕이 처형되고 공화정부가 수립되자, 밀턴은 크롬웰의 라틴어 비서관으로 발탁되어, 주로 외교문서의 번역과 대외 선전을 담당하게 되었다. 이런 정치적 격무로 인해 결국 그는 그나마도 불완전했던 시력을 완전히 상실하게 된다. 이와 같이 밀턴은 약 20년간 정치를 위하여 그 아까운 시재를 낭비했다. 그러나 그의 20여 년간의 정치적 체험은 후기의 대작을 쓰는 데 유익한 밑거름이 되었을 것이다.

그의 아내 메리가 죽은 후 홀몸으로 있던 밀턴은 1656년 캐서린 우드콕과 재혼했으나, 불행하게도 그녀는 1년 만에 죽었다. 마침내 많은 사람들의 원성의 대상이었던 크롬웰이 1657년 9월에 병사하자 청교도 혁명도 종말을 고하고, 드디어 찰스 2세가 런던으로 돌아와 왕정이 복고되었다.

왕정복고 후 밀턴의 이름이 사형수나 그 밖의 처형자 명단에 들어 있지 않았다는 것은 공화정부의 대변인 역을 맡은 그의 활약상으로 미루어 볼 때 매우 기이하게 생각된다. 그것은 아마도 밀턴이 라틴어 비서관이었을 당시 그의 조수였던 앤드루 마블과, 찰스 2세의 총신이요 사가였던 에드워드 하이드 등 몇 사람의 주선과 구명운동 덕분이었을 것이다. 당시 그의 주변에는 딸 셋과 생질인 에드워드 필립스, 그리고 몇 친구들만이 남아 있었다. 이러한 밀턴의 외롭고 고통스러운 처지를 동정하여 그의 친구였던 패지트 박사는 자기 친척의 딸을 소개해주며 그에게 결혼을 권유했다. 상대는 엘리자베스 민셜로 당시의 나이는 24세였다. 그녀는 30세나 연상인 눈먼 남편을 충실히 받들었으며, 밀턴의 이 세번째 결혼은 더없이 행복했다. 그는 만년에 통풍으로 고생하다 1674년 11월 8일 자기 방에서 조용히 숨을 거두었다.

그의 일생을 더듬어 볼 때, 비교적 한가한 호튼 생활을 빼놓고는, 고난과 시련의 연속이었음을 알 수 있다. 그중에서도 그의 가장 쓰라린 시련은 세 방면으로 요약할 수 있을 것이다. 첫째는 가정의 문제요, 둘째는 정치의 문제요, 셋째는 육체의 문제였다.

인생에서 결혼은 최대의 축복이면서 동시에 최대의 암초와 시련이 될 수도 있다. 그런데 밀턴에게 결혼은 최대의 암초였다. 그의 인생이라는 배는 이 암초에 부딪혀 세 번이나 난파됐다. 한 번도 어려운 결혼을 세 번씩이나 했고, 완전히 실명한 말년에는 세 딸과의 사이가 안 좋아 늘 불화했다고 한다. 실로 그에게 가정은 고뇌와 시련의 도가니와도 같았다.

뿐만 아니라 그는 혹독한 정치적 시련을 겪었다. 왕당파에 대한 의회의 공격이 시작되자 애국자였던 그는 이런 정치적인 혼란을 방관하지 않고 1641년 이후에는 많은 팸플릿을 써서 자유를 위한 투쟁을 벌였다. 신앙의 자유와 정치의 자유, 언론출판의 자유와 가정의 자유를 위하여 맹렬하게 투쟁했다. 그러나 1660년 5월에 왕정복고가 이루어지면서 밀턴의 자유공화국에의 꿈은 깨지고 말았고, 크롬웰을 위해 일해온 그는 감옥에 구금되어 옥살이를 했다.

가정적으로, 정치적으로 치명적인 시련을 겪은 그에게 마지막 남은 보루는 육체뿐이었다. 그러나 가혹한 시련은 거기서 멈추지 않았다. 원래 밀턴은 시력이 약한 편이었지만 과도한 독서와 과로로 44세라는 젊은 나이에 시력을 완전히 상실했다. 또한 고질적인 통풍으로 말할 수 없는 고통을 당했다. 그래서 그는 한때 은혜의 신까지도 의심하고 욥처럼 항변하기도 했던 것이다.

그러나 그는 마침내 이런 절망과 고독의 심연에서 새로운 영적인 빛을 보게 되었고, 신앙생활의 깊은 의미를 깨닫게 되었다. 그리하여 그는 분연히 일어나 대오의 길로 나섰으며, 그 결과 『실낙원』 『복낙원』 『투사 삼손』 같은 불후의 거작들을 남길 수 있었다. 따라서 그의 후기 작품들 속에는 20여 년간의 피어린 투쟁과 쓰라린 경험, 말하자면 그의 인생 자체가 투입되어 있다.

『복낙원』의 주제와 구조

『복낙원』은 1671년에 『투사 삼손』과 함께 묶여 출판되었지만, 이 시가를 언제부터 쓰기 시작하여 언제 완성했는지는 분명하게 알려져 있지 않다. 『실낙원』이 1667년에 출판되었으므로, 밀턴은 그후 4년 만에 뒤따르는 두 서사시까지 완성시켜놓은 셈이 된다. 엄밀히 말하자면 『투사 삼손』은 극형식으로 이루어져 있으므로 순수한 서사시는 『실낙원』과 『복낙원』밖에 없다. 그뿐 아니라 내용 면에서도 이 두 서사시는 긴밀한 관계를 지니고 있어서, 후자는 전자에서 약속된 예언의 실현 또는 성취라고 볼 수 있다. 다시 말하면 『복낙원』은 그 주제와 내용 면으로 볼 때 『실낙원』의 속편이라고 할 수 있다.

『실낙원』의 속편격인 『복낙원』은 전 4편 2070행으로 구성된 간결 서사시다. 간결 서사시라고 해서 장중 서사시보다 못하다고 단정지을 수는 없다. 『복낙원』은 간결하지만 그 주제와 구조는 『실낙원』 못지않게 치밀하고 드라마틱하다 할 수 있다. 드라마지만 액션은 별로 없는 내면적 드라마요, 비극이 아닌 희극이다. 행복한 결말happy ending로 끝나기 때문이다.

『복낙원』은 잃었던 낙원이 어떻게 다시 회복되는가를 노래하는 시가로, 주로 신약성서 「마태복음」 3장과 4장 1~11절, 「마가복음」 1장 1~13절, 「누가복음」 3장 2~23절, 4장 1~14절, 그리고 「요한복음」 1장에 기술된 사탄의 유혹 이야기 등을 그 자료로 하고 있다.

『복낙원』 1편 1~5행을 보면, 『실낙원』에서는 한 사람의 불순종으로 행복한 낙원을 잃게 된 것을 노래했지만, 여기서는 한 사람의 확고한 순종으로 인해 되찾게 된 낙원을 노래하겠다고 한다. 바로 이것이 『복낙원』의 주제인데, 그것은 "한 사람이 순종하지 아니함으로 많은 사람이 죄인 된 것같이 한 사람이 순종하심으로 많은 사람이 의인이 되리라"(「로마서」 5:19)고 한 바울의 말을 그 배경으로 하고 있다. 『실낙원』에서 인류의 시조인 '첫째 아담First Adam'과 하와가 불순종으로 인하여 잃었던 낙원이, 『복낙원』에서는 '제2의 아담Second Adam'인 하나님의 아들 예수의 완전한 순종에 의해 되찾아지게 되는 것이다. 하와의 행위가 하나님의 사랑에 대한 근본적 불신에서 출발한 행위라면, 예수의 경우는 하나님 아버지의 모든 뜻과 그 경륜을 따르려는 온전한 사랑의 표지인 순종에서 오는 것이다.

이처럼 『실낙원』과 『복낙원』은 그 주제와 내용 면에서 긴밀한 관계를 지니고 있어 상충되지 않고 일치와 통합을 이루고 있다. 다시 말하면 『실낙원』에서 예언되었던 "한 위대한 분"(『실낙원』 제1편 4행)이 이 세상에 와서 사탄의 유혹을 물리치고 잃었던 낙원을 다시 찾게 된다는 것이다. 그것이 곧 『복낙원』의 내용이요 주제다. 이 내용과 주제를 구현하고 형상화하는 인물이 예수그리스도와 사탄 곧 악마다.

『복낙원』은 사도 요한이 말하는 로고스의 인격체인 예수그리스도를 주인공으로 해서, 사탄의 유혹을 통하여 하나님의 아들로서의 사명 인식과 내면적인 탐구를 하게 하고 유혹을 물리치고 낙원을 회복하게 하는 변증법적인 전개를 갖는 서사시다. 세 번에 걸친 사탄의 유혹을 물리치는 데 사용되는 무기는 하나님의 말씀이다.

사탄의 유혹은 예수에 대한 도전이 될 뿐 아니라 동시에 예수를 내면 탐험으로 이끄는 역할을 한다. 확실히 유혹이 진행될수록 예수와 사탄 사이의 대화는 길어지고 내면으로의 여행은 깊어만 간다. 따라서 『복낙원』은 유혹과 거부라고 하는 외부적인 사건이 아니라 자아발견과 자신에게 부여된 사명 인식이라는 내면의 구조를 갖는다고 할 수 있다. 또한 그 구조적인 진행 역시 육체적인 것이 아니라 그것을 초월한 '형이상학적인' 것이다. 이것은 단적으로 밀턴이 사람으로서의 예수보다는 하나님의 아들로서의 예수그리스도의 모습을 부각시키려 했다는 것을 입증해준다. 하나님의 아들로서의 예수그리스도의 모습을 부각시켜주는 요소가 바로 악마라고 할 수 있다. 빛은 어둠에 의해 더욱 찬란하게 드러나고 찬연해지는 법이다. 예수는 빛이고 사탄은 어둠의 세력이다.

『복낙원』에서는 이 두 질서가 충돌한다. 한 질서는 빛과 선을 무너뜨리는 파괴적인 질서로 곧 사탄이고, 다른 하나는 빛과 선과 생명을 더욱 견고하게 세워나가는 창조적인 질서로 곧 그리스도(하나님)다. 두 질서는 처음부터 유혹의 구조 안에서 충돌하지만 하나님의 말씀 안에서 통합된다. 두 질서가 결국은 통합되면서 회복되는 세계가 곧 『복낙원』의 세계다. 이 세계를 구현하고 형상화해주는 두 질서에 대해 좀더 자세히 살펴보자.

예수와 악마의 논쟁

『실낙원』 제10편 181행을 보면 "여자의 후손에게 네(악마) 머리를 밟히리라"는 예언이 있다. 그리고 『복낙원』의 악마는 "예정된 여자의 씨가 요사이 태어났다"(『복낙원』 제1편 65~66행)는 불길한 소식을 가지고 왔다고 말한다. 이 작품에서 낙원의 회복은 십자가의 부활이라고 하는 신학적 명제에 의해 이루어지는 것이 아니라 공생애公生涯의 시초에 있었던 황야에서의 유혹을 극복함으로써 성취되는 것이다. 예수를 유혹하는 주역은 악마 곧 사탄이다. 따라서 이 작품에서 악마는 매우 중시될 수밖에 없다.

이미 위에서 언급한 바와 같이, 『복낙원』의 주요 인물은 말할 것도 없이 예수와 악마로서, 이 두 인물의 논쟁이 주가 되어 있다고 해도 과언이 아니다. 시인 자신의 말이나 또는 마리아나 제자들에 대한 두서너 곳의 언급이 없는 것은 아니지만, 전체의 65퍼센트는 예수와 악마의 논쟁으로 이루어져 있다. 이런 예수와 악마의 논쟁 속에서 우리는 이원론적인 측면을 발견하게 된다.

유혹의 종류로 말하면, 향연 장면banquet scene과 폭풍 장면tempest

scene 이외에는 모두가 성경의 그것과 동일하다. 엄밀히 말해서 40일간 금식을 한 후 유혹을 받았다는 점에서는 「마태복음」을, 유혹의 순서에서는 「누가복음」을 그 자료로 삼았다. 그러나 좀더 작품을 주의깊게 읽어보면 성경에서는 찾아볼 수 없는 『복낙원』 특유의 악마의 변모를 발견할 수 있다. 여기서 지적하고 싶은 것은 악마가 예수와 나누는 대화의 문맥 속에 나타낸 반응이다. 그 반응은 무려 17개 정도나 되지만 여기서는 중요한 몇 가지만 열거해보자.

1. 사탄은 불만스러워 이렇게 대답한다.(제2편 393행)

2. 이러한 나쁜 결과에 당황하고 괴로워 유혹자는 서서, 뭐라 말할 바를 모르니,(제4편 1~2행)

3. 유혹자는 괴로워하며 대답한다.(제3편 203행)

4. 악마는 더욱 대담해져서 (……) 말한다.(제3편 345~346행)

5. 악마는 두려워서 쩔쩔매며 대답한다.(제4편 195행)

6. 악마는 이제 울분을 터뜨리며 대답한다.(제4편 499행)

7. 사탄은 경악하며 떨어지니,(제4편 561행)

이상의 반응을 요약해보면, 다음과 같은 과정 곧 1. 불만 2. 당황 3. 괴로움 4. 대담함 5. 쩔쩔맴 6. 울분 7. 경악(떨어짐) 등의 과정을 거치고 있다는 것을 알 수 있다. 이런 악마의 변모 과정은 예수에 대한 유혹의 이야기가 진행되면서 점차 반응의 밀도를 높여가는 한편, 이 반응은 예수의 존재를 더욱 선명하게 해주는 역할을 한다. 음陰과 양陽, 부정否定과 긍정肯定의 선명한 대조는 예수 자신의 말에서도 확인할 수 있다.

그대는 모르는가, 나의 출세 곧 그대의 몰락이요,
나의 승진은 그대의 파멸인 것을?
—제3편 201~202행

유혹 전체를 통하여 사탄은 어떤 방법으로든 예수를 넘어뜨리려 한다. 따라서 예수는 그것에 대치해서, 인내와 하나님의 뜻과 그 경륜을 따르려는 순종적 태도를 가지고 최후의 순간까지 논박하고 악마를 극복해간다. 이 관계는 단적으로 말하면, 예수가 악마의 유혹에 넘어가기만 하면 아담과 똑같은 운명에 처할 수밖에 없다는 것이다. 악마가 '어둠의 왕prince of darkness'이라고 불리는 것은 낡은 은유이기는 하지만 음과 양, 부정과 긍정이라는 이원론적인 측면을 잘 표현해주는 이름이라 할 수 있다.

이런 파괴적인 질서와 창조적인 질서, 즉 이 두 힘이 『실낙원』에서는 아담을 사이에 두고 서로 충돌하지만, 『복낙원』에서는 직접적으로 격돌하고 있다. 그러므로 박력감은 덜하지만, 인간적인 요소가 배제됨으로써 오는 안정감 같은 것은 『실낙원』보다는 더 강하다.

악마의 모습도 영웅적인 힘을 과시하는 그런 모습이 아니라 지극히 인간적인 것임을 알 수 있다. 바로 이런 점에서 밀턴 자신의 일면이 투영된 것 같은 느낌을 갖게 한다. 이를테면 고전문화의 가치를 주장하는 사탄의 모습 속에서 그런 것을 느끼게 되고, 또 금욕주의적 인생관 같은 것도 밀턴의 내면에 깊이 뿌리박고 있었던 것이 아닌가 한다. 그러나 사탄이 상징하는 가치체계를 부정하는 것은 극도의 긴장감을 갖게 한다. 사탄에 대립되는 예수 또한 밀턴 자신의 투영으로 볼 수 있다. 예수는 금욕주의적인 태도를 수용하는 것이 아니라 하나님의 섭리를 믿는 동시에 고전문화를 철두철미하게 부정한다. 그러나 이것은 단순한 부정이라기보다는 그것을 포괄하면서 뛰어넘는 부정이라 할 수 있다. 밀턴은 이 작품에서 이와 같이 사탄이 상징하는 고전문화를 지양하는 과정을 거쳐 예수로 표상되는 하나님의 섭리와 의지로 나아가려 했던 것이다.

레왈스키B. K. Lewalski는 구약 「욥기」의 서사적 제재가 『복낙원』의 전반적인 모델이 되어 있으므로, 이 작품은 「욥기」를 모형으로 삼고 있는 '간결체 서사시'라고 부르는 것이 마땅하다고 했다.

> 성경적 서사시의 전통, 특히 「욥기」적인 서사적 재료는 밀턴의 간결한 서사적 형식을 모색하는 노력에 전반적인 패턴과 법칙을 주었고, 또한 특별한 구절의 선례를 분명 제공해주었다.*

『복낙원』과 「욥기」의 이러한 관련성을 고려하면서 두 작품에 나타난 악마를 비교해보겠다.

「욥기」의 주제는 간단히 요약하면 의인의 고난이라 할 수 있다. 이런 주제와 내용 속에 악마는 어떻게 등장하는가? 「욥기」 제1장 서두에서는 이렇게 서술하고 있다.

> 하루는 하나님의 아들들이 와서 여호와 앞에 섰고 사탄도 그들 가

* Barbara Kiefer Lewalski, *Milton's Brief Epic: The Genre, Meaning, and Art of Paradise Regained*(Methuen, 1966).

운데에 온지라. (…) 여호와께서 사탄에게 이르시되 네가 내 종 욥을 주의하여 보았느냐. 그와 같이 온전하고 정직하여 하나님을 경외하며 악에서 떠난 자는 세상에 없느니라. 사탄이 여호와께 대답하여 이르되 욥이 어찌 까닭 없이 하나님을 경외하리이까. (…) 이제 주의 손을 펴서 그의 모든 소유물을 치소서. 그리하시면 틀림없이 주를 향하여 욕하지 않겠나이까.(「욥기」 1:6, 8~9, 11)

「욥기」에서 악마가 등장하는 것은 서두의 이 대목밖에는 없다. 이 대목에서 악마는 욥의 생명만은 해치지 않는다는 조건 아래 하나님의 허락을 얻어 공공연히 욥에게 여러 가지 재앙을 내린다. 이런 「욥기」의 악마에 대해 대부분의 신학자들이 '고소인 또는 검찰관의 역할을 하는 자'라고 말하듯이, 「욥기」에서 악마는 주로 인간의 죄를 고발하는 신의 검찰관 노릇을 하고 있다.

그렇다면 『복낙원』의 악마는 어떠한가? 레왈스키가 지적한 바와 같이, 악마가 그의 힘센 동료들을 중천에 모으고 회의를 개최한 동기는 예수가 세례 받을 때 하나님의 높은 증거가 주어진 데 대한 시기와 격분 때문이었다. 이런 하나님의 높은 증거가 사탄에게 충격을 주어 예수와 대결할 단호한 결심을 하게 했다는 점에서 「욥기」와의 유사성을 인정할 수 있다. 그러나 좀더 면밀히 검토해보면 한두 가지 점에서 다른 점이 있다는 것을 알 수 있다.

첫째로 「욥기」의 악마는 신과 실로 스케일이 큰 흥정을 하여 허락을 얻은 후 욥에게 재난을 내리지만, 『복낙원』의 악마는 "자기도 모르는 사이에"(제1편 126행) 예수를 유혹하는 것이다. 이런 사실은 악마의 태도에 미묘한 차이점이 있음을 입증해준다. 다시 말해서 「욥기」의 악마와 비교할 때, 『복낙원』의 악마가 훨씬 여유가 없고 근시안적이며 스케일이 작다는 인상을 주고 있는 것이다.

둘째로 다른 점은 유혹의 패턴이라 할 수 있다. 「욥기」의 경우를 보면, 유혹이라는 말이 어울리지 않을 정도로 폭력적인 재난과 역경에 처해 있는 욥에 대한 친구들의 조언 또는 논쟁이 내용의 주를 이루고 있다. 그러나 『복낙원』에서는 예수에 대한 제2의 유혹(이 세상의 영화와 권력)에 역점을 두고 있기는 하지만, 유혹을 시도하고 그것을 거부하는 형태로 이루어져 있다. 물론 「욥기」적인 재난이라는 것도 제2의 유혹으로 넘어가는 과정에서 시도된 것이라 할 수는 있다.

이러한 한두 가지 상이점이 없는 것은 아니지만 『복낙원』의 악마도, 선의 시점에서 보면 하나님의 의지 가운데서 발전적으로 해소될 것을 전제로 하고 있다.

> 내 이제부터 그를 사탄 앞에
> 드러내겠노라. 사탄으로 하여금 그를 유혹하게 하고
> 그의 최고의 지혜를 시험케 하리라,
> —제1편 142~144행

이런 하나님의 언명이 있기 바로 전에 시인이 한 주석적인 언사가 결정적인 의미를 갖는다.

> 그는 지존자가 미리 정해서 굳힌 그 의도적

목적을 실현한다.
—제1편 127~128행

위에 인용한 신의 언명이나 시인의 주석적인 언사를 배경으로 해서 생각해볼 때, 『복낙원』의 악마도 하나님의 시점에서 본다면 그의 의지의 부정적인 면을 수행하고 있는 그의 대행자라고 할 수 있다.

이런 관점에서 본다면, 얼핏 이원론적으로 보이는 것이라 할지라도 궁극적으로 「욥기」에 나타난 하나님의 검찰관과 크게 차이가 없다는 것을 알 수 있다.

「욥기」의 악마와 『복낙원』의 악마를 비교해볼 경우, 또다른 한 가지 문제와 부딪치게 된다. 그것은 다름 아닌 「욥기」의 악마는 타자他者인가 아니면 욥의 내면적 소리의 극화인가 하는 것이다. 「욥기」의 내용을 표면적으로만 본다면 「욥기」의 악마는 이미 앞에서 예로 든 제1장 서두에만 나타날 뿐 그후에는 등장하지 않는다. 따라서 어디까지가 악마의 사역인지 전혀 알 길이 없다. 즉 처음 몇 장에 걸쳐서 욥의 신변에 일어나는 여러 가지 재난은 유혹의 한 전형으로 충분히 이해될 수 있지만, 문제는 그후에 전개되는 욥과 친구들의 논쟁이다. 그 친구들의 조언과 논쟁은 필연적으로 그 배후에서 악마가 움직이고 있다는 사실을 예시해주는 것일까. 『복낙원』과 비교해보면 당연히 그런 예감을 갖게 된다. 왜냐하면 친구들의 조언이라는 형태로 욥과의 사이에 전개된 논쟁이야말로 예수와 악마 사이에 벌어진 논쟁의 모델이 되기 때문이다.

예수는 실로 처음부터 악마를 인식하고 있었다. 그것은 예수가 하나님의 아들이라는 특별함 덕분일 것이다. 하지만 욥은 여러 재난과 친구들의 조언 배후에서 악마의 사역을 뚜렷하게 인식할 수는 없었던 것 같다. 「욥기」 1장 서두에서 주고받는 하나님과 사탄의 거래는 욥에게는 전적으로 숨겨진 사실이었다. 「욥기」에서 악마는 욥을 괴롭히는 여러 재난의 행위자이면서도 표면에 나타나지 않고 그 배후에 숨어 침묵을 지키고 있다. 따라서 악마는 악마로서 욥에게 접근하여 논쟁하지 않는다. 이런 침묵의 배후에서 악마를 예측한다는 것은 공연한 허구에 불과하며, 차라리 그것은 욥의 내적 투쟁의 드라마로 가정해볼 수 있다. 욥의 내적 투쟁의 드라마라고 하는 것은, 달리 표현해서 삶 속에 나타나는 객관적인 허무의 극화라 할 수 있을 것이다. 이런 구조 속에서 「욥기」의 사탄은 그런 허무의 의인화에 불과하다. 이와 같은 추측이 틀리지 않다면, 「욥기」의 악마는 욥의 내면적 소리가 의인화되어 나타난 것이라 할 수 있다.

『복낙원』의 악마에 대해서도 동일한 측면에서 검토해볼 수 있다. 우선 결론적으로 말하면, 공관복음서의 악마와 『복낙원』의 악마는 바로 위에서 말한 점에서 다르다고 할 수 있다. 즉 전자는 분명히 타자他者의 소리인 데 반해, 후자는 예수의 내면적 소리로 볼 수 있다는 것이다. 만일 예수가 황야에서 받은 유혹이 타자인 악마의 소리가 아니고 예수 자신의 내면적 소리라면 예수는 이미 죄를 범했다고 할 수 있지 않을까? 「마태복음」 5장 28절에서 "음욕을 품고 여자를 보는 자마다 마음에 이미 간음하였느니라"고 한 예수 자신의 말에 비추어 보더라도, 그것이 예수의 내면적인 소리였다면 예수는 이미 죄를 지은 것이나 다름없는 것이다. 그렇다면 예수의 무죄성도 불가능하고 죄 없는 어린 양羊

의 희생으로서의 예수의 속죄도 성립될 수 없을 것이다. 따라서 공관복음서의 악마는 예수의 내면적인 소리의 극화가 아니라 타자의 소리라고 함이 마땅하다.

그러나 『복낙원』의 악마는 하나님의 시점에서 본다면 하나님의 검찰관 역할을 한다고 말할 수 있지만, 복음서에서 확인하게 되는 타자의 소리라고 하기는 매우 어렵다. 물론 『복낙원』에서도 악마는 예수의 내면적인 소리가 아닌 타자로서 우선 접근하는 것을 볼 수 있다. 40일 동안의 단식으로 아사 직전에 있는 예수에게 사탄은 늙은 농부의 모습을 하고 나타나 "만일 그대가 하나님의 아들이라면, 이 돌이 빵이 되게 해보라" 하였고, 그다음으로는 그럴듯하게 옷을 차려입은 수려한 청년의 모습으로, 또 다음에는 낯익은 모습으로 접근하여 예수를 꾀었던 것이다. 이런 장면들만 본다면 『복낙원』의 악마는 타자가 틀림없다는 인상을 받게 된다. 그러나 그것은 명상중에 보이지 않는 세계를 표현하기 위해 시각적으로 극화시킨 것이라 할 수도 있다. 왜냐하면 이 작품의 여러 곳에서 보듯 예수는 깊은 명상에 잠기곤 하기 때문이다.

그 아들은
거친 황야를 더듬어 나아가며, 혼자이지만 가장
거룩한 명상으로 흐뭇해져, 내면의 세계로 깊이
내려가서는 그 앞에다 자기가 이루어야 할
대업을 늘어놓는다.
—제2편 108~112행

성자가 이렇게 묵묵히 걸으며 명상한 때는
밤이었으므로, 그는 나무가 무성히 뒤엉킨
근처의 너그러운 그늘 아래 몸을 뉘었다.
거기서 그는 잠이 들어, 마치 굶주린 자의
버릇처럼, 고기와 술 따위 자연의 맛 좋은
음식물을 꿈꾸었다.
—제2편 260~265행

마츠L. L. Martz를 비롯하여 스타인A. Stein도 이런 견해를 갖고 있다. 그리고 브로드벤트J. B. Broadbent에 이르러서는 모든 것이 꿈이 아니었는지 모르겠다고까지 하였다. 좀더 자세히 말한다면, 명상시가 내심의 드라마인가 또는 꿈 이야기인가 하는 점에서 의견이 갈리기는 하지만, 자기발견의 설화라는 점에서는 대체로 의견이 통일되는 것 같다. 따라서 그런 입장에 서는 한, 악마라는 것은 예수의 내면에서 움직이는, 조정할 수 없는 감정 또는 악한 선택으로 유도하려고 하는 내심의 소리라 할 수 있다.

이 문제에 대해서는 헌터W. B. Hunter의 입장이 옳은 것 같다. 그에 따르면 밀턴은 그리스도가 자유의지를 가진 인간이라는 신학적 위험을 수용함으로써 그 정당성을 입증했다는 것이다. 그런 가장 명확한 시도 중 하나가 악과 맞섰을 때의 자유의지 속에서 발견된다고 한다. 자유의지란 하나님에게 역점을 두는 것이 아니라 인간에게 악센트를 두는 것으로 이해될 수 있다. 이런 해석에 따르면 밀턴은 퓨리턴이 아니라 차라리 크리스천 휴머니스트라 할 수 있을 것이다. 결국 이렇게 본다면, 악마란 악한 선택을 강요하는 내면적 소리라 할 수 있고, 예수의 승리는 자유의지로써 이런 강요된 악을 거부하고 선을 행한 데 있다고 할 수 있다.

요컨대 악마는 권력욕, 지식욕, 식욕과 같은 여러 종류의 육욕에 호소해서 어떤 방법으로든 예수를 허무화虛無化하려 했다. 그런 악마는 어디까지나 하나님의 적대자로 보이기 마련이고, 이원론적 흑암의 왕처럼 보이는 것이다. 확실히 『복낙원』의 악마는 예수를 허무화하려고 움직인 힘에 불과하지만, 하나님 자체를 허무화할 수 있는 힘은 될 수 없다. 그런 의미에서 악마는 「욥기」에서처럼 하나님의 허락 아래서만 움직일 수 있는 힘 중 하나다. 그러나 분명 가브리엘 천사와 같은 긍정적인 힘이 아니라, 하나님의 존재를 부정적으로 부각시키는 힘이다.

그렇다면 『복낙원』의 악마는 성경의 그것과 전적으로 동일하다고 할 수 있는가? 그렇지 않다. 바로 그런 점에 밀턴적인 형이상학적 우위성이 있는 것이다. 달리 말해서 밀턴은 예수의 인간성에다 역점을 두었다. 그것은 예수의 십자가나 부활을 주제로 선택하지 않고 황야의 유혹을 선택했다는 것만으로도 충분히 입증된다. 밀턴이 자유의 투사였다는 점을 고려할 때, 그가 예수의 인간성, 즉 악을 선택할지도 모르는 자유의지의 문제에다 더 역점을 두었다는 것은 쉽사리 수긍할 만하다. 그런 견지에서 본다면, 밀턴은 정통적인 신학자들이 이단시하는 네스토리우스주의Nestorianism에 더 가깝다고 할 수 있다. 따라서 『복낙원』의 악마는 공관복음서의 정통적인 해석이 시사하는 그런 타자의 소리라기보다는 예수 자신의 내면적인 부정적 소리를 암시하는 것으로 생각된다.

진리의 빛으로 되찾는 낙원

실명 시인 밀턴이 『복낙원』을 구성할 때 가장 영향을 받은 것은 「요한복음」이다. 『복낙원』 제1편에서 예수는 처음 위장을 하고 나온 사탄과 마주친다. 밀턴은 "네가 만일 하나님의 아들이어든 명하여 이 돌들로 떡덩이가 되게 하라"(「마태복음」 4:3, 「누가복음」 4:3)는 말씀을 끌어와 사탄으로 하여금 이런 시험을 하게 한다. 이에 예수는 "사람이 떡으로만 살 것이 아니요 하나님의 입으로부터 나오는 모든 말씀으로 살 것이라"(「마태복음」 4:4, 「누가복음」 4:4) 하였다. 밀턴은 예수에게 사탄을 물리칠 뿐 아니라 사탄의 허위를 폭로할 수 있는 기회를 준다.

『복낙원』에서 사탄은 위장하고 아들 예수에게로 오지만, 아들 예수는 즉각적으로 그가 누군지 안다고 말함으로써(제1편 356~357행) 사탄의 정체를 밝혀버린다. "우리가 좀처럼 맛볼 수 없는 음식으로 그대 자신과 우리를 구할 수 있을 것이오"(제1편 344~345행)라는 사탄의 요구에 예수는 "빵 속에 그런 힘이 있다고 생각하오?"(제1편 347~348행)라는 의문을 던지면서 기적 행하기를 거부한다. 사람을 먹이는 육체의 빵과 하나님의 빵 말씀과는 전적으로 다른 것이다.

「요한복음」에서 예수는 그를 따르는 자들에게 이르기를, "썩을 양식을 위하여 일하지 말고 영생하도록 있는 양식을 위하여 하라. 이 양식은 인자가 너희에게 주리니 인자는 아버지 하나님께서 인치신 자니라"(「요한복음」 6:27) 하였다. 예수는 자기 자신을 이 세상에 생명을 주기 위하여 하늘에서 내려온 "하나님의 떡"(「요한복음」 6:33)이라 하였다. 또한 그는 생명의 떡과 이스라엘의 조상들이 광야에서 먹었던 만나는 다르다는 것을 구별하면서, 육체의 음식물과 영적인 음식물은 다르다는 것을 논증한다. 이 논증의 말씀을 밀턴은 『복낙원』에서 사탄을 물리치는 첫번째 도구로 삼는다. 이 첫번째 격퇴에서 보여준 것은 육체의 빵보다는 영의 양식이 더 우월하다는 것이다.

『복낙원』 제2편에서 밀턴은 "나의 양식은 나를 보내신 이의 뜻을 행하며 그의 일을 온전히 이루는 이것이니라"(「요한복음」 4:34)라는 말씀을 인유하여 "더욱 아버지의 뜻을 행하고자 굶주리는"(제2편 258행) 즉 영적인 굶주림을 언급하고 있다. 예수는 하나님의 떡 말씀인 동시에 인간의 구원을 위해 하나님께서 인치신 도구인 것이다. 밀턴은 사탄의 첫 시험인 '빵'에 대한 문제를 탐구하면서, 예수는 우리 인간의 생명의 빵인 동시에 그 말씀에 전적으로 의존하는 하나님께서 인치신 구세주라는 것을 드러내 보여준다.

요한이나 밀턴은 공히 예수를 하나님의 참 빛인 말씀으로 그리고 있다는 것이 매우 중요하다. 예수는 하나님께서 인치신 진리의 도구로서 사탄의 어둠과 이 세상의 허위에 맞서 대항하는 참 빛이신 것이다. 예수는 빛과 진리와 동일시되지만, 사탄은 어둠 가운데서 행한다. 어둠 가운데서 행한다는 것은 시력을 잃어버린 것이나 다름없는 영적인 시력 상실이라 할 수 있다. 「요한복음」 3장 20절 "악을 행하는 자마다 빛을 미워하여 빛으로 오지 아니하나니 이는 그 행위가 드러날까 함이요"라는 말씀이 악행 그것이 곧 어둠, 즉 영적 시력 상실이라는 것을 뒷받침해주고 있다.

그러나 예수는 참 빛(「요한복음」 1:9~10)이시다. 이 빛은 단지 자기 자신을 위한 빛이 아니라 이 빛을 가지고 사람에 비추어주는 것이다. 이 빛을 따라 행하면 거기서 지혜가 오는 것이다. 빛으로서의 예수의 임무는 사탄의 어둠과 싸우는 것이다. 밀턴 자신 육체의 시력을 상실하고 슬퍼했지만 이제 그는 참 빛이신 예수를 구세주로 받아들이고 그의 구원을 통한 낙원의 회복을 노래한다. 예수는 참 빛으로서 그 이후 사탄이 제시하는 왕국들을 통치하라는 유혹과 예루살렘 성전 꼭대기에서 뛰어내림으로써 하나님을 시험해보라는 모독적인 시험을 물리치고 진리 위에 서서 승리한다.

하나님은 예수를 살아 있는 말씀으로서, 진리의 영으로서 이 세상에 보내어 이 혼탁한 세상에 살고 있는 사람들이 알아야 할 진리의 내적 신탁(제1편 460~464행)으로 삼았다. 이 진리의 빛에 따라서 밀턴은 악의 세계를 폭로하는 동시에 진리의 길을 비추어주는 것이다. 눈은 멀었지만 진리를 따라 걷는 자만이 빛의 아들이 되는 것이다. 그러니까 밀턴의 육안의 상실, 그것은 오히려 참 빛을 따라 살아가게 한 은총이 된 셈이다.

지금까지 두 질서의 세계를 살펴보았듯이, 『복낙원』은 진리의 빛 되시는 하나님의 아들 예수께서 하나님 아버지의 모든 뜻과 그 경륜을 좇아 완전하게 순종하고 아버지의 뜻을 훼파하려는 악마의 악랄한 궤휼과 유혹을 물리침으로써 잃어버렸던 낙원을 되찾게 된다는 간결체 서사시다.

『실낙원』은 흔히 '장중체 서사시grand epic'라 하지만, 『복낙원』은 「욥기」의 방식을 좇아 설화한 '간결체 서사시brief epic'라는 것이 일반적인 견해다. 이 『복낙원』의 전거典據는 다양하지만, 실명 시인 밀턴이 이 서사시를 구성할 때 가장 영향을 받은 것은 구약의 「욥기」와 신약의 「요한복음』이다.

『복낙원』이 『실낙원』에 비해 예술적 감동과 극적인 긴박감이 덜하다는 것은 부인할 수 없다. 그러나 이 작품은 이 작품대로 독자적인 의의를 갖고 있다. 즉 긴박감보다는 안정감을 갖고 있다는 말이다.

서사시의 정신 면에서 『실낙원』은 비극정신을, 『복낙원』은 희극정신을 보여준다. 비극을 흔히 '영웅의 불행한 죽음으로 끝나는 이야기'라 하고, 희극을 흔히 '얽힘이 풀려 행복한 결말에 도달하는 이야기'라 한다. 호메로스가 두 서사시 『일리아스』와 『오디세이아』에서 구현한 것은 바로 이런 비극정신과 희극정신이었다. 그리고 이 두 서사시가 내면적으로 계속되는 한 사이클이라는 것을 생각할 때, 겨울 뒤에 봄이 오고 죽음 뒤에 재생이 오는 자연 질서, 즉 삶의 두 모형을 충실히 모방하려 했음이 분명해진다. 밀턴도 이런 고전적 전통을 따라 『실낙원』과 『복낙원』에서 인간의 두 모형, 죽음과 삶의 문제를 구현하려고 했다. 전자는 아담과 하와의 정신적 죽음을, 후자는 죽음 뒤에 오는 재생을 다루었던 것이다. 다시 말하면 『실낙원』은 비극의 정신을, 『복낙원』은 희극의 정신을 구현하고 있다. 그러므로 이 두 편의 서사시는 내면적인 사이클을 이루고 있다는 점을 고려하면서 서로 연결지어 읽는 것이 좋다.

이 번역에 사용한 원본은 John Milton, *The Complete Shorter Poems*, edited by John Carey(Longman, 1968)와 John Milton, *Paradise Regained the Minor Poems and Samson Agonistes*, edited by Merritt Y. Hughes(Odyssey Press, 1937)이고, 참고서로는 Laura E. Lockwood, *Lexicon to the English Poetical Works of John*

Milton(Burt Franklin, 1968)과 John Milton, *Paradise Lost with Introduction and Notes*, edited by Masaru Shigeno(Kenkyusha, 1935)를 사용했음을 밝혀둔다.

조신권

존 밀턴 연보

1608년 12월 9일 런던 브레드가의 스프레드이글에서 부유한 공증인의 아들로 태어나다.

1615년 11월 14일 동생 크리스토퍼가 태어나다.

1620년 세인트폴학교에 입학하다. 이탈리아인 의사인 부친을 둔 친구 찰스 디오다티와 교제하기 시작했으며, 그 당시 유망한 신학자였던 가정교사 토머스 영으로부터 단단한 지적 수련을 받다.

1624년 「시편」 114편 및 136편을 운문으로 번역하다.

1625년 2월 12일에 케임브리지의 크라이스트 칼리지에 입학하여, 케임브리지대학의 특별연구원이자 대학 내에서는 대단한 논객인 윌리엄 차펠의 지도를 받다. 차펠 교수와 학제 문제로 의견 충돌을 일으키고 그에게 반항하다가 한 학기 정학처분을 당하다.

1626년 학교에 복귀하자 잠정적으로 지도교수는 윌리엄 차펠에서 토벨(Tovell)로 바뀐다.

1629년 3월 26일 B. A.(문학학사)가 되다. 「그리스도 탄생하신 날 아침에*On the Morning of Christ's Nativity*」를 썼는데, 그 첫 연은 『실낙원』의 주제가 된다. 무명 화가에 의해 크라이스트 칼리지 시절의 밀턴의 초상화가 그려진다.

1630년 「그리스도의 수난*The Passion*」을 쓰다. 같은 해 「5월 아침의 노래*Song: On May Morning*」를 썼고, 영어와 이탈리아어로 소네트를 여러 편 쓰다. 「셰익스피어에 부쳐*On Shakespeare*」를 쓰다.

1632년 7월 2일 M. A.(문학석사)가 되다. 이해에 그는 케임브리지를 떠나 호튼에 있는 아버지의 별장으로 가서, 주로 그리스 및 로마 고전을 연구한다. 이 무렵의 작품으로 「랄레그로*L'Allegro*」 및 그 자매편 「일 펜세로소*Il Penseroso*」와 좀 뒤의 것으로 가면극 「아카디스*Arcades*」가 있다.

1634년 9월 29일 「코머스*Comus*」 상연되다.

1637년 「코머스」가 출간되고, 4월 3일 어머니가 병사하다. 가장 절친한 친구였던 에드워드 킹의 죽음을 애도하는 「리시다스*Lycidas*」를 발표하다.

1638년 4월 이탈리아 여행을 떠나다. 8~9월 피렌체에 머물면서 여러 친구들을 사귀는 중에 갈릴레오 갈릴레이를 방문했고, 10월에는 로마의 시에나로 옮겨 바티칸도서관의 사서 루카스 홀스타인을 만났으며, 12월에는 나폴리로 가서 만소 후작을 만나다.

1639년 8월 로마, 피렌체, 제네바, 파리를 거쳐 외유 1년 3개월 만에 영국으로 돌아오다. 귀국 후 절친한 친구였던 찰스 디오다티의 사망 소식을 듣다.

1640년 이 무렵부터 비극을 창작할 계획을 세우다. 런던의 플리트가에 있는 양복집 2층에 하숙하면서 사설 기숙학교를 개설하고 여덟 살과 아홉 살짜리 조카들 존과 에드워드 필립스에게 고전어, 신학, 역사, 수학, 과학 등을 가르치다. 디오다티의 죽음을 애도하는 엘레지 「다몬에게 바치는 비문*Epitaphium Damonis*」을 쓰다.

1641년 5월에 『종교개혁론*Of Reformation*』 『주교제에 관하여*Of Prelatical Episcopacy*』 등 종교적 자유를 위한 논문을 발표하다.

1642년 메리 파웰과 결혼하다. 2월에 『교회치리론*The Reason of Church Government*』, 5월에 『스멕팀누스 변호*Apology for Smectymnuus*』 등 산문을 써서 출판하다.

1643년 아내 메리가 집안의 정치적 이유 때문에 그를 떠나 본가로 가서 별거를 시작하다. 자기의 불행한 결혼을 계기로 8월 1일 『이혼의 교리와 규율*Doctrine and Discipline of Divorce*』을 썼고, 그 밖에 윤리적 자유를 위한 논문을 발표하다.

1644년 2월 『이혼의 교리와 규율』 제2판을 출판했고, 6월 5일 『교육론*Of Education*』을, 8월 6일 『이혼에 관한 마틴 부서의 견해*Judgement of Martin Bucer Concerning Divorce*』를 출판하다. 9월에는 더욱 시력이 나빠지기 시작했고, 11월 23일에는 『아레오파지티카*Areopagitica*』라는 언론출판의 자유를 토로한 유명한 팸플릿을 출판하다.

1645년 3월 이혼론에 관한 두 편의 논문 『테트라코르돈*Tetrachordon*』과 『콜라스테리온*Colasterion*』을 출판하다. 여름에 아내 메리와 화해하여 별거하던 그녀가 집으로 돌아오다. 10월 6일 『존 밀턴의 시집*Poems of Mr. John Milton*』이 출판되다.

1646년 6월 29일 장녀 앤이 출생하다.

1647년 1월 1일 장인 리처드 파웰이 사망하고, 3월 13일 아버지가 사망하다.

1648년 10월 25일 차녀 메리가 출생하다.

1649년 2월 13일 국왕 찰스 1세의 처형과 거의 동시에 『왕과 위정자의 재임*The Tenure of Kings and Magistrates*』을 출판하여 정치적 자유를 부르짖다. 3월 13일 크롬웰의 공화정부에 초빙되어 외국어 장관을 맡다. 같은 해 10월 6일 국왕 처형의 타당성을 주장하고 자기의 입장을 천명한 정치 논문 『우상타파론*Eikonoklastes*』을 출판하다.

1650년 아들 존이 태어나다.

1651년 2월 24일 정치 논문 『영국민을 위한 변호*Defence for English People*』를 출판하다. 12월 17일 건강 때문에 웨스트민스터 지구 안에 있으며 그 바로 뒤쪽에는 세인트제임스공원이 있는 아름다운 저택으로 이사를 가다.

1652년 5월 2일 3녀 데보라가 출생하다. 5월 5일 아내 메리가 병사하고, 6월 16일 아들 존이 죽다. 이 무렵부터 완전히 실명하다.

1654년 5월 30일 『제2변호*The Second Defence*』를 출판하다.

1655년 공직에 있으면서 시간을 내어 『영국사*History of Britain*』를 개필하다.

1656년 11월 12일 캐서린 우드콕과 재혼하다.

1657년 10월 19일 딸 캐서린이 태어나다.

1658년 2월 3일 아내 캐서린이 병사하고, 3월 17일 딸 캐서린이 죽다. 이 무렵부터 『실낙원*Paradise Lost*』 집필에 착수하다.

1659년 3월 3일 『자유 공화국을 수립하기 위한 준비되고 쉬운 길*The Ready and Easy Way to Establish a Free Commonwealth*』을 출판하다. 6월 16일 의회는 밀턴 체포령을 내렸고, 『영국민을 위한 변호』『우상타파론』을 불태워 없애라는 명령을 내리다.

1660년 5월 찰스 2세가 귀국, 공화정부가 붕괴되고 왕정복고가 이루어지자 밀턴은 실의의 수렁에 빠지다. 5월부터 8월까지 친구의 집에 숨어 체포를 면하다. 8월 29일 이후는 관헌의 눈을 피할 필요가 없는 자유의 몸이 되다.

1661년 의지하고 있는 세 딸에게 복수와도 같은 학대를 받으며, 또한 통풍에 시달리며 극히 고독한 나날을 보내다. 단지 미국 국회의원인 몇몇 친구와 조카 및 퀘이커 청년인 토머스 엘우드의 방문만이 유일한 즐거움이 되다.

1663년 2월 24일 엘리자베스 민셜과 세번째 결혼하다. 이 무렵 『실낙원』의 원고를 엘우드에게 보이다.

1667년 8월 『실낙원』을 출판하다.

1670년 『영국사』를 출판하다.

1671년 『복낙원*Paradise Regained*』과 『투사 삼손*Samson Agonistes*』을 출판하다.

1672년 5월 라틴어로 쓴 『논리학*Art of Logic*』을 출판하다.

1673년 5월 『진정한 종교에 관하여*Of True Religion*』를 출판하고, 11월 『존 밀턴의 시집』 재판을 펴내다.

1674년 7월 6일 『실낙원』 재판을 펴내다. 실명에다 통풍까지 겹쳐 병이 악화, 11월 8일 세상을 떠나다. 12일에 런던시 크리플게이트의 성 자일스라는 낡은 회당에 묻히다.

문학동네 세계문학전집 발간에 부쳐

세계문학은 국민문학 혹은 지역문학을 떠나 존재하는 문학이 아니지만 그것들의 총합도 아니다. 세계문학이라는 용어에는 그 나름의 언어와 전통을 갖고 있는 국민문학이나 지역문학의 존재를 인정하면서 그것을 넘어서는 문학의 보편적 질서에 대한 관념이 새겨져 있다. 그 용어를 처음 고안한 19세기 유럽인들은 유럽 문학을 중심으로 그 질서를 구축했지만 풍부한 국민문학의 전통을 가지고 있는 현대의 문학 강국들은 나름의 방식으로 세계문학을 이해하면서 정전(正典)의 목록을 작성하고 또 수정한다.

한국에서도 세계문학 관념은 우리 사회와 문화의 변화 속에서 거듭 수정돼왔다. 어느 시기에는 제국 일본의 교양주의를 반영한 세계문학 관념이, 어느 시기에는 제3세계 민족주의에 동조한 세계문학 관념이 출현했고, 그러한 관념을 실천한 전집물이 출판됐다. 21세기 한국에 새로운 세계문학전집이 필요하다는 것은 명백하다. 우리의 지성과 감성의 기준에 부합하는 세계문학을 다시 구상할 때가 되었다.

문학동네 세계문학전집은 범세계적으로 통용되는 고전에 대한 상식을 존중하면서도 지난 반세기 동안 해외 주요 언어권에서 창작과 연구의 진전에 따라 일어난 정전의 변동을 고려하여 편성되었다. 그래서 불멸의 명작은 물론 동시대 세계의 중요한 정치·문화적 실천에 영감을 준 새로운 작품들을 두루 포함시켰다.

창립 이후 지금까지 한국문학 및 번역문학 출판에서 가장 전문적이고 생산적인 그룹을 대표해온 문학동네가 그간 축적한 문학 출판 경험을 바탕으로 새로운 세계문학전집을 펴낸다. 인류가 무지와 몽매의 어둠 속을 방황하면서도 끝내 길을 잃지 않은 것은 세계문학사의 하늘에 떠 있는 빛나는 별들이 길잡이가 되어주었기 때문이다. 우리가 자부심과 사명감 속에서 그리게 될 이 새로운 별자리가 독자들의 관심과 애정에 힘입어 우리 모두의 뿌듯한 자산이 되기를 소망한다.

문학동네 세계문학전집 편집위원

민은경, 박유하, 변현태, 송병선, 이재룡, 홍길표, 남진우, 황종연

세계문학전집 035

복낙원

1판 1쇄 2010년 5월 17일 | 1판 3쇄 2016년 2월 12일
2판 1쇄 2020년 10월 5일 | 2판 2쇄 2024년 9월 5일

지은이 존 밀턴 | 옮긴이 조신권

편집 이승희 조현나 김수현 오동규 | 독자모니터 김형철
디자인 송윤형 한충현 최미영 | 저작권 박지영 형소진 최은진 오서영
마케팅 정민호 서지화 한민아 이민경 안남영 왕지경 정경주 김수인 김혜원 김하연 김예진
브랜딩 함유지 함근아 박민재 김희숙 이송이 박다솔 조다현 정승민 배진성
제작 강신은 김동욱 이순호 | 제작처 영신사

펴낸곳 (주)문학동네 | 펴낸이 김소영
출판등록 1993년 10월 22일 제2003-000045호
주소 10881 경기도 파주시 회동길 210
전자우편 editor@munhak.com | 대표전화 031)955-8888 | 팩스 031)955-8855
문의전화 031)955-1927(마케팅), 031)955-1916(편집)
문학동네카페 http://cafe.naver.com/mhdn
인스타그램 @munhakdongne | 트위터 @munhakdongne
북클럽문학동네 http://bookclubmunhak.com

ISBN 978-89-546-1091-9 04840
978-89-546-0901-2 (세트)

www.munhak.com

1, 2, 3 안나 카레니나 레프 톨스토이 | 박형규 옮김
4 판탈레온과 특별봉사대 마리오 바르가스 요사 | 송병선 옮김
5 황금 물고기 J. M. G. 르 클레지오 | 최수철 옮김
6 템페스트 윌리엄 셰익스피어 | 이경식 옮김
7 위대한 개츠비 F. 스콧 피츠제럴드 | 김영하 옮김
8 아름다운 애너벨 리 싸늘하게 죽다 오에 겐자부로 | 박유하 옮김
9, 10 파우스트 요한 볼프강 폰 괴테 | 이인웅 옮김
11 가면의 고백 미시마 유키오 | 양윤옥 옮김
12 킴 러디어드 키플링 | 하창수 옮김
13 나귀 가죽 오노레 드 발자크 | 이철의 옮김
14 피아노 치는 여자 엘프리데 옐리네크 | 이병애 옮김
15 1984 조지 오웰 | 김기혁 옮김
16 벤야멘타 하인학교-야콥 폰 군텐 이야기 로베르트 발저 | 홍길표 옮김
17, 18 적과 흑 스탕달 | 이규식 옮김
19, 20 휴먼 스테인 필립 로스 | 박범수 옮김
21 체스 이야기 · 낯선 여인의 편지 슈테판 츠바이크 | 김연수 옮김
22 왼손잡이 니콜라이 레스코프 | 이상훈 옮김
23 소송 프란츠 카프카 | 권혁준 옮김
24 마크롤 가비에로의 모험 알바로 무티스 | 송병선 옮김
25 파계 시마자키 도손 | 노영희 옮김
26 내 생명 앗아가주오 앙헬레스 마스트레타 | 강성식 옮김
27 여명 시도니가브리엘 콜레트 | 송기정 옮김
28 한때 흑인이었던 남자의 자서전 제임스 웰든 존슨 | 천승걸 옮김
29 슬픈 짐승 모니카 마론 | 김미선 옮김
30 피로 물든 방 앤절라 카터 | 이귀우 옮김
31 숨그네 헤르타 뮐러 | 박경희 옮김
32 우리 시대의 영웅 미하일 레르몬토프 | 김연경 옮김
33, 34 실낙원 존 밀턴 | 조신권 옮김
35 복낙원 존 밀턴 | 조신권 옮김
36 포로기 오오카 쇼헤이 | 허호 옮김
37 동물농장 · 파리와 런던의 따라지 인생 조지 오웰 | 김기혁 옮김
38 루이 랑베르 오노레 드 발자크 | 송기정 옮김
39 코틀로반 안드레이 플라토노프 | 김철균 옮김
40 어두운 상점들의 거리 파트릭 모디아노 | 김화영 옮김
41 순교자 김은국 | 도정일 옮김
42 젊은 베르테르의 슬픔 요한 볼프강 폰 괴테 | 안장혁 옮김
43 더블린 사람들 제임스 조이스 | 진선주 옮김
44 설득 제인 오스틴 | 원영선, 전신화 옮김
45 인공호흡 리카르도 피글리아 | 엄지영 옮김
46 정글북 러디어드 키플링 | 손향숙 옮김
47 외로운 남자 외젠 이오네스코 | 이재룡 옮김
48 에피 브리스트 테오도어 폰타네 | 한미희 옮김
49 둔황 이노우에 야스시 | 임용택 옮김
50 미크로메가스 · 캉디드 혹은 낙관주의 볼테르 | 이병애 옮김

51, 52 염소의 축제 마리오 바르가스 요사 | 송병선 옮김
53 고야산 스님·초롱불 노래 이즈미 교카 | 임태균 옮김
54 다니엘서 E. L. 닥터로 | 정상준 옮김
55 이날을 위한 우산 빌헬름 게나치노 | 박교진 옮김
56 톰 소여의 모험 마크 트웨인 | 강미경 옮김
57 카사노바의 귀향·꿈의 노벨레 아르투어 슈니츨러 | 모명숙 옮김
58 바보들을 위한 학교 사샤 소콜로프 | 권정임 옮김
59 어느 어릿광대의 견해 하인리히 뵐 | 신동도 옮김
60 웃는 늑대 쓰시마 유코 | 김훈아 옮김
61 팔코너 존 치버 | 박영원 옮김
62 한눈팔기 나쓰메 소세키 | 조영석 옮김
63, 64 톰 아저씨의 오두막 해리엇 비처 스토 | 이종인 옮김
65 아버지와 아들 이반 투르게네프 | 이항재 옮김
66 베니스의 상인 윌리엄 셰익스피어 | 이경식 옮김
67 해부학자 페데리코 안다아시 | 조구호 옮김
68 긴 이별을 위한 짧은 편지 페터 한트케 | 안장혁 옮김
69 호텔 뒤락 애니타 브루크너 | 김정 옮김
70 잔해 쥘리앵 그린 | 김종우 옮김
71 절망 블라디미르 나보코프 | 최종술 옮김
72 더버빌가의 테스 토머스 하디 | 유명숙 옮김
73 감상소설 미하일 조셴코 | 백용식 옮김
74 빙하와 어둠의 공포 크리스토프 란스마이어 | 진일상 옮김
75 쓰가루·석별·옛날이야기 다자이 오사무 | 서재곤 옮김
76 이인 알베르 카뮈 | 이기언 옮김
77 달려라, 토끼 존 업다이크 | 정영목 옮김
78 몰락하는 자 토마스 베른하르트 | 박인원 옮김
79, 80 한밤의 아이들 살만 루슈디 | 김진준 옮김
81 죽은 군대의 장군 이스마일 카다레 | 이창실 옮김
82 페레이라가 주장하다 안토니오 타부키 | 이승수 옮김
83, 84 목로주점 에밀 졸라 | 박명숙 옮김
85 아베 일족 모리 오가이 | 권태민 옮김
86 폭풍의 언덕 에밀리 브론테 | 김정아 옮김
87, 88 늦여름 아달베르트 슈티프터 | 박종대 옮김
89 클레브 공작부인 라파예트 부인 | 류재화 옮김
90 P세대 빅토르 펠레빈 | 박혜경 옮김
91 노인과 바다 어니스트 헤밍웨이 | 이인규 옮김
92 물방울 메도루마 슌 | 유은경 옮김
93 도깨비불 피에르 드리외라로셸 | 이재룡 옮김
94 프랑켄슈타인 메리 셸리 | 김선형 옮김
95 래그타임 E. L. 닥터로 | 최용준 옮김
96 캔터빌의 유령 오스카 와일드 | 김미나 옮김
97 만(卍)·시게모토 소장의 어머니 다니자키 준이치로 | 김춘미, 이호철 옮김
98 맨해튼 트랜스퍼 존 더스패서스 | 박경희 옮김
99 단순한 열정 아니 에르노 | 최정수 옮김

100 열세 걸음 모옌 | 임홍빈 옮김
101 데미안 헤르만 헤세 | 안인희 옮김
102 수레바퀴 아래서 헤르만 헤세 | 한미희 옮김
103 소리와 분노 윌리엄 포크너 | 공진호 옮김
104 곰 윌리엄 포크너 | 민은영 옮김
105 롤리타 블라디미르 나보코프 | 김진준 옮김
106, 107 부활 레프 톨스토이 | 박형규 옮김
108, 109 모래그릇 마쓰모토 세이초 | 이병진 옮김
110 은둔자 막심 고리키 | 이강은 옮김
111 불타버린 지도 아베 고보 | 이영미 옮김
112 말라볼리아가의 사람들 조반니 베르가 | 김운찬 옮김
113 디어 라이프 앨리스 먼로 | 정연희 옮김
114 돈 카를로스 프리드리히 실러 | 안인희 옮김
115 인간 짐승 에밀 졸라 | 이철의 옮김
116 빌러비드 토니 모리슨 | 최인자 옮김
117, 118 미국의 목가 필립 로스 | 정영목 옮김
119 대성당 레이먼드 카버 | 김연수 옮김
120 나나 에밀 졸라 | 김치수 옮김
121, 122 제르미날 에밀 졸라 | 박명숙 옮김
123 현기증. 감정들 W. G. 제발트 | 배수아 옮김
124 강 동쪽의 기담 나가이 가후 | 정병호 옮김
125 붉은 밤의 도시들 윌리엄 버로스 | 박인찬 옮김
126 수고양이 무어의 인생관 E. T. A. 호프만 | 박은경 옮김
127 맘브루 R. H. 모레노 두란 | 송병선 옮김
128 익사 오에 겐자부로 | 박유하 옮김
129 땅의 혜택 크누트 함순 | 안미란 옮김
130 불안의 책 페르난두 페소아 | 오진영 옮김
131, 132 사랑과 어둠의 이야기 아모스 오즈 | 최창모 옮김
133 페스트 알베르 카뮈 | 유호식 옮김
134 다마세누 몬테이루의 잃어버린 머리 안토니오 타부키 | 이현경 옮김
135 작은 것들의 신 아룬다티 로이 | 박찬원 옮김
136 시스터 캐리 시어도어 드라이저 | 송은주 옮김
137 고독한 산책자의 몽상 장자크 루소 | 문경자 옮김
138 용의자의 야간열차 다와다 요코 | 이영미 옮김
139 세기아의 고백 알프레드 드 뮈세 | 김미성 옮김
140 햄릿 윌리엄 셰익스피어 | 이경식 옮김
141 카산드라 크리스타 볼프 | 한미희 옮김
142 이 글을 읽는 사람에게 영원한 저주를 마누엘 푸익 | 송병선 옮김
143 마음 나쓰메 소세키 | 유은경 옮김
144 바다 존 밴빌 | 정영목 옮김
145, 146, 147, 148 전쟁과 평화 레프 톨스토이 | 박형규 옮김
149 세 가지 이야기 귀스타브 플로베르 | 고봉만 옮김
150 제5도살장 커트 보니것 | 정영목 옮김
151 알렉시 · 은총의 일격 마르그리트 유르스나르 | 윤진 옮김

152 말라 온다 알베르토 푸겟 | 엄지영 옮김
153 아르세니예프의 인생 이반 부닌 | 이항재 옮김
154 오만과 편견 제인 오스틴 | 류경희 옮김
155 돈 에밀 졸라 | 유기환 옮김
156 젊은 예술가의 초상 제임스 조이스 | 진선주 옮김
157, 158, 159 카라마조프가의 형제들 표도르 도스토옙스키 | 김희숙 옮김
160 진 브로디 선생의 전성기 뮤리얼 스파크 | 서정은 옮김
161 13인당 이야기 오노레 드 발자크 | 송기정 옮김
162 하지 무라트 레프 톨스토이 | 박형규 옮김
163 희망 앙드레 말로 | 김웅권 옮김
164 임멘 호수 · 백마의 기사 · 프시케 테오도어 슈토름 | 배정희 옮김
165 밤은 부드러워라 F. 스콧 피츠제럴드 | 정영목 옮김
166 야간비행 앙투안 드 생텍쥐페리 | 용경식 옮김
167 나이트우드 주나 반스 | 이예원 옮김
168 소년들 앙리 드 몽테를랑 | 유정애 옮김
169, 170 독립기념일 리처드 포드 | 박영원 옮김
171, 172 닥터 지바고 보리스 파스테르나크 | 박형규 옮김
173 싯다르타 헤르만 헤세 | 권혁준 옮김
174 야만인을 기다리며 J. M. 쿳시 | 왕은철 옮김
175 철학편지 볼테르 | 이봉지 옮김
176 거지 소녀 앨리스 먼로 | 민은영 옮김
177 창백한 불꽃 블라디미르 나보코프 | 김윤하 옮김
178 슈틸러 막스 프리슈 | 김인순 옮김
179 시핑 뉴스 애니 프루 | 민승남 옮김
180 이 세상의 왕국 알레호 카르펜티에르 | 조구호 옮김
181 철의 시대 J. M. 쿳시 | 왕은철 옮김
182 카시지 조이스 캐럴 오츠 | 공경희 옮김
183, 184 모비 딕 허먼 멜빌 | 황유원 옮김
185 솔로몬의 노래 토니 모리슨 | 김선형 옮김
186 무기여 잘 있거라 어니스트 헤밍웨이 | 권진아 옮김
187 컬러 퍼플 앨리스 워커 | 고정아 옮김
188, 189 죄와 벌 표도르 도스토옙스키 | 이문영 옮김
190 사랑 광기 그리고 죽음의 이야기 오라시오 키로가 | 엄지영 옮김
191 빅 슬립 레이먼드 챈들러 | 김진준 옮김
192 시간은 밤 류드밀라 페트루솁스카야 | 김혜란 옮김
193 타타르인의 사막 디노 부차티 | 한리나 옮김
194 고양이와 쥐 귄터 그라스 | 박경희 옮김
195 펠리시아의 여정 윌리엄 트레버 | 박찬원 옮김
196 마이클 K의 삶과 시대 J. M. 쿳시 | 왕은철 옮김
197, 198 오스카와 루신다 피터 케리 | 김시현 옮김
199 패싱 넬라 라슨 | 박경희 옮김
200 마담 보바리 귀스타브 플로베르 | 김남주 옮김
201 패주 에밀 졸라 | 유기환 옮김
202 도시와 개들 마리오 바르가스 요사 | 송병선 옮김

203 루시 저메이카 킨케이드 | 정소영 옮김
204 대지 에밀 졸라 | 조성애 옮김
205, 206 백치 표도르 도스토옙스키 | 김희숙 옮김
207 백야 표도르 도스토옙스키 | 박은정 옮김
208 순수의 시대 이디스 워턴 | 손영미 옮김
209 단순한 이야기 엘리자베스 인치볼드 | 이혜수 옮김
210 바닷가에서 압둘라자크 구르나 | 황유원 옮김
211 낙원 압둘라자크 구르나 | 왕은철 옮김
212 피라미드 이스마일 카다레 | 이창실 옮김
213 애니 존 저메이카 킨케이드 | 정소영 옮김
214 지고 말 것을 가와바타 야스나리 | 박혜성 옮김
215 부서진 사월 이스마일 카다레 | 유정희 옮김
216 사람은 무엇으로 사는가 레프 톨스토이 | 이항재 옮김
217, 218 악마의 시 살만 루슈디 | 김진준 옮김
219 오늘을 잡아라 솔 벨로 | 김진준 옮김
220 배반 압둘라자크 구르나 | 황가한 옮김
221 어두운 밤 나는 적막한 집을 나섰다 페터 한트케 | 윤시향 옮김
222 무어의 마지막 한숨 살만 루슈디 | 김진준 옮김
223 속죄 이언 매큐언 | 한정아 옮김
224 암스테르담 이언 매큐언 | 박경희 옮김
225, 226, 227 특성 없는 남자 로베르트 무질 | 박종대 옮김
228 앨프리드와 에밀리 도리스 레싱 | 민은영 옮김
229 북과 남 엘리자베스 개스켈 | 민승남 옮김
230 마지막 이야기들 윌리엄 트레버 | 민승남 옮김
231 벤저민 프랭클린 자서전 벤저민 프랭클린 | 이종인 옮김
232 만년양식집 오에 겐자부로 | 박유하 옮김
233 이상한 나라의 앨리스 루이스 캐럴 | 존 테니얼 그림 | 김희진 옮김
234 소네치카 · 스페이드의 여왕 류드밀라 울리츠카야 | 박종소 옮김
235 메데야와 그녀의 아이들 류드밀라 울리츠카야 | 최종술 옮김
236 실종자 프란츠 카프카 | 이재황 옮김
237 진 알랭 로브그리예 | 성귀수 옮김
238 말테의 수기 라이너 마리아 릴케 | 홍사현 옮김
239, 240 율리시스 제임스 조이스 | 이종일 옮김
241 지도와 영토 미셸 우엘벡 | 장소미 옮김
242 사막 J. M. G. 르 클레지오 | 홍상희 옮김
243 사냥꾼의 수기 이반 투르게네프 | 이종현 옮김
244 험볼트의 선물 솔 벨로 | 전수용 옮김
245 바베트의 만찬 이자크 디네센 | 추미옥 옮김
246 나르치스와 골드문트 헤르만 헤세 | 안인희 옮김
247 변신 · 단식 광대 프란츠 카프카 | 이재황 옮김
248 상자 속의 사나이 안톤 체호프 | 박현섭 옮김
249 가장 파란 눈 토니 모리슨 | 정소영 옮김

● 문학동네 세계문학전집은 계속 출간됩니다